大和路全体図

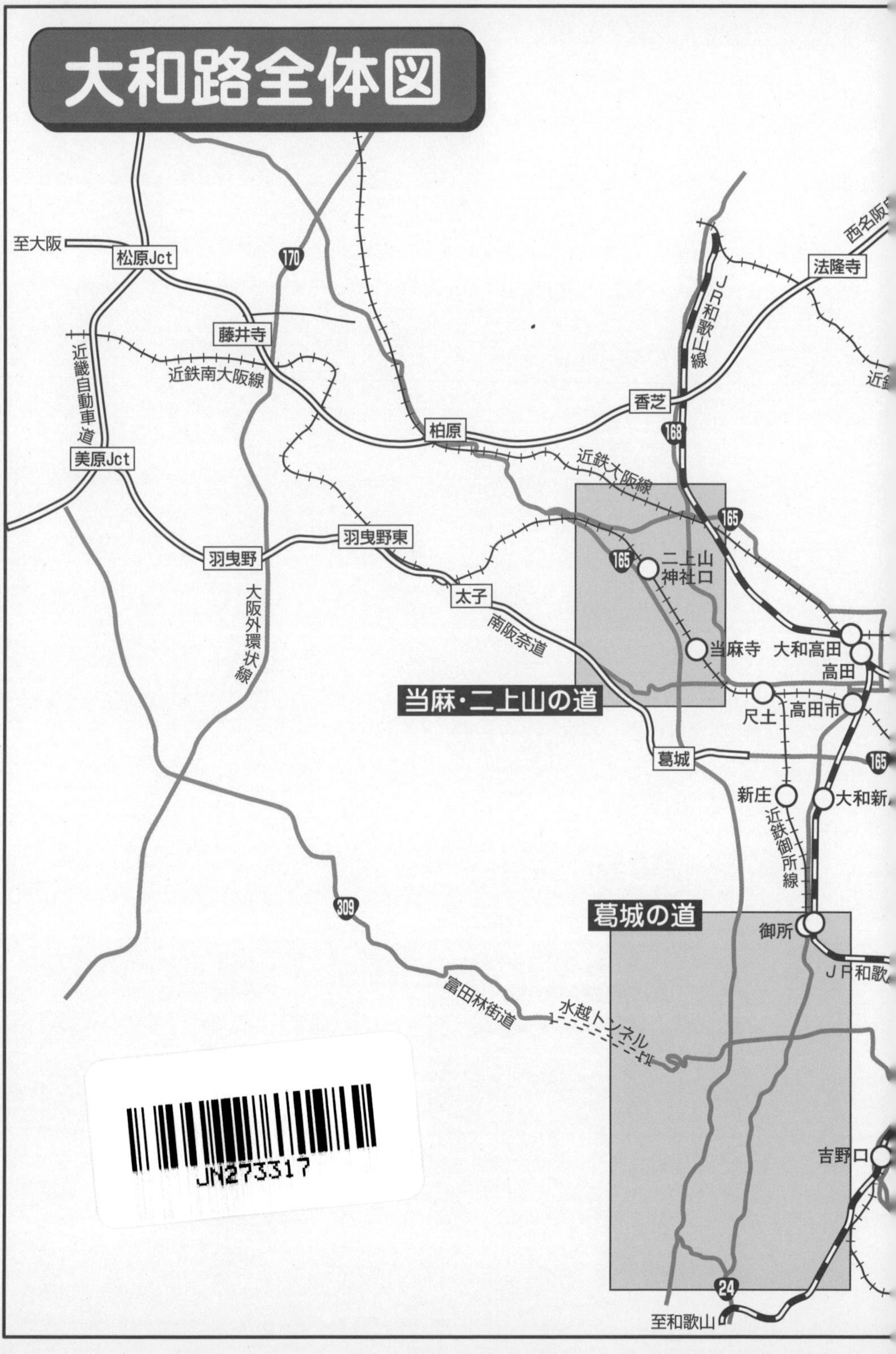

至大阪
松原Jct
170
藤井寺
近鉄南大阪線
近畿自動車道
美原Jct
羽曳野
羽曳野東
柏原
香芝
168
法隆寺
西名阪
JR和歌山線
近鉄
近鉄大阪線
165
二上山神社口
太子
南阪奈道
当麻寺
大和高田
高田
大阪外環状線
当麻・二上山の道
尺土
高田市
葛城
新庄
大和新
近鉄御所線
309
葛城の道
御所
JR和歌
富田林街道
水越トンネル
吉野口
24
至和歌山

―萬葉と歴史の風土―

大和文学散歩

題字・長岡　千尋

「大和三山」・右から耳無山、畝傍山、香具山。

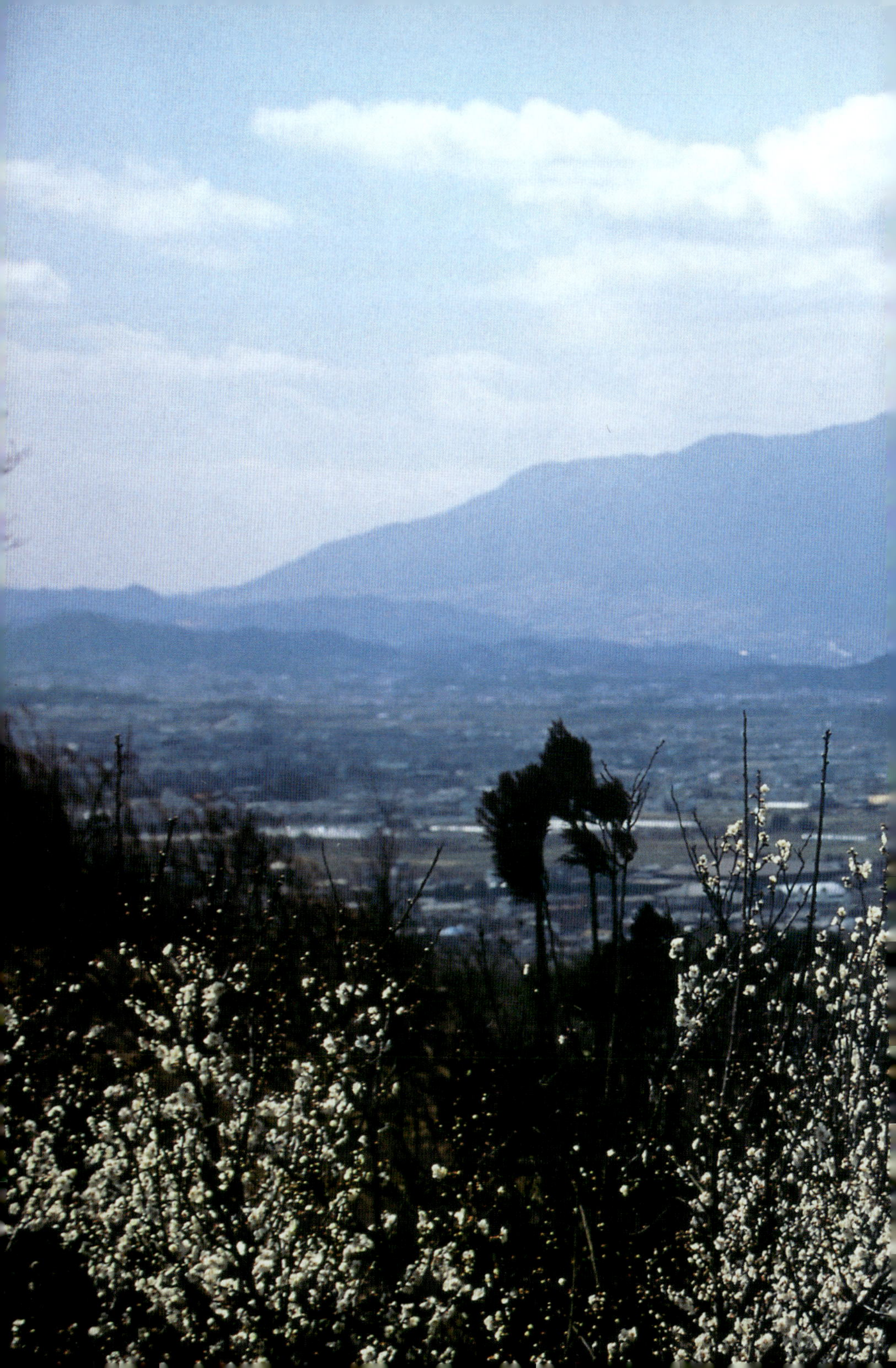

まえがき

「大和文学散歩 ――萬葉と歴史の風土――」は、故・金本朝一先生によって著され、いわゆる萬葉ブームのさきがけとなった好書である。

以来三十年近い歳月が過ぎ、時代の流れとともに本書の内容にも自ずから変化をきたすようになった。よって、このたび、先学の業績を慕いつつ改訂版を著すこととなった。

改訂に当たり、特に『萬葉集』の諸歌には、くわしい解説と口訳を加えて読みやすいものにした。また、新たに民俗学の知識を取り入れたのは、より萬葉びとの心の世界に触れたいという願いからである。

この本が、年齢を問わず大和を愛し、散策する人たちのみちしるべとなれば幸である。

談山神社宮司しるす

目次

〈カラー写真・北浦一清〉

一、山の辺の道

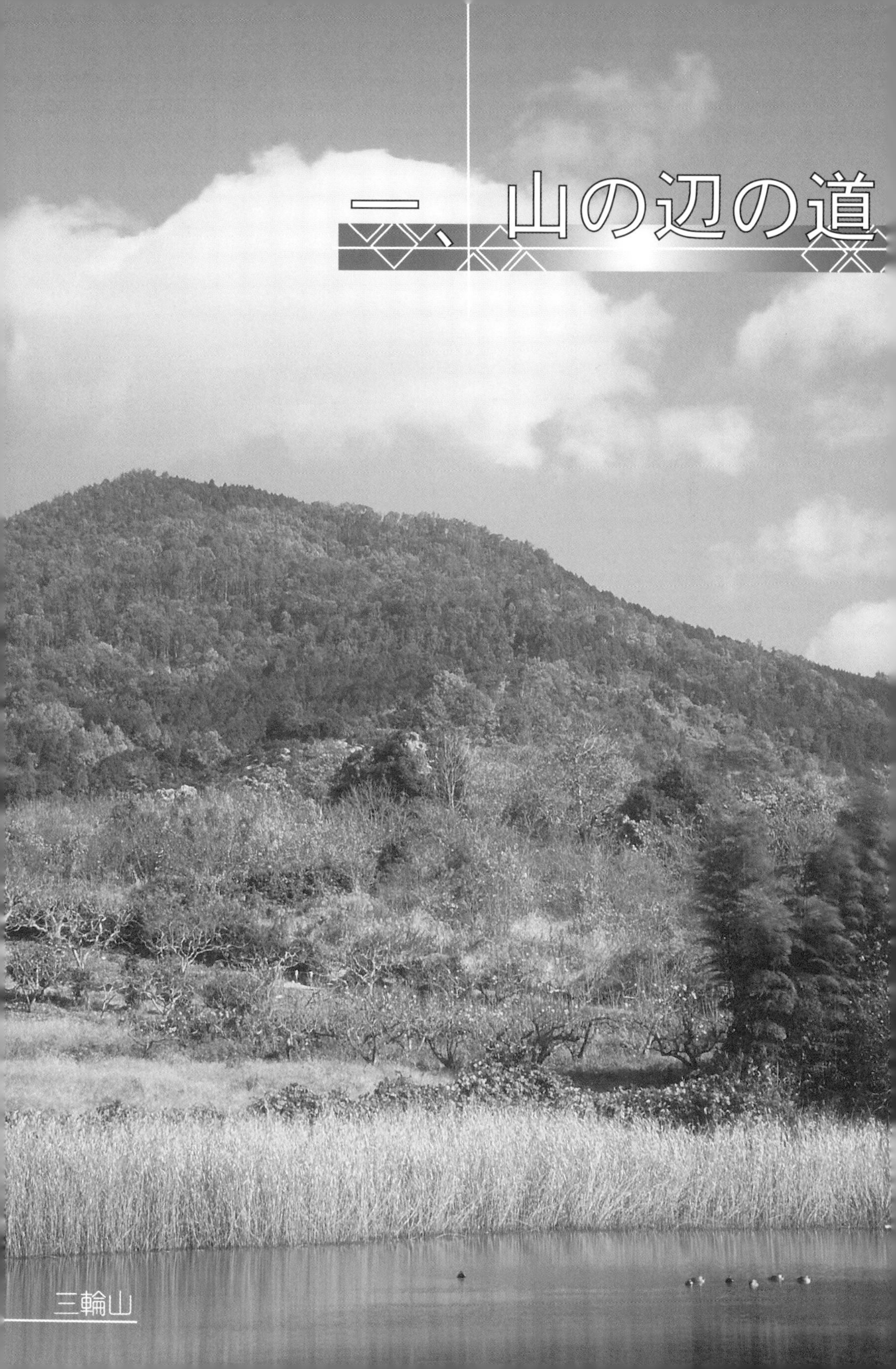

三輪山

1. 山の辺の道

至 奈良
天理教本部
天理
169
布留町
石上神宮
出雲建雄神社
桜井線
西山古墳
内山永久寺跡
25
乗鞍古墳
夜都伎神社
芭蕉句碑
竹之内町
環濠集落
長柄
天満宮
萱生町
大和神社
念仏寺
大和神社お旅所
五智堂
（傘堂）
長岳寺
柳本
崇神天皇陵
櫛山古墳
専行院
伊邪奈岐神社
至小夫
纒向日代宮跡
景行天皇
穴師山
巻向川
景行天皇陵
穴師坐兵主神社
巻向川
巻向
纒向珠城宮跡
垂仁天皇
相撲神社
巻向山
（弓月ヶ岳）
箸墓
檜原神社
高宮神社
玄賓庵
三輪山
大直禰子神社
狭井坐大神荒魂神社
大神神社
三輪
平等寺
慈恩寺跡
網越神社
金屋石仏
玉列神社
三輪茶屋旧跡
志貴御県坐神社
海石榴市観音
165
三輪川
極楽寺
近鉄大阪線
金刺宮跡
欽明天皇礒城島
朝倉
大福
桜井
N

一、山の辺の道

国のはじめ

山の辺《べ》の道は、大倭《おおやまと》の故地をゆくみちであり、国のあけぼのの風土を尋ねるみちでもあった。——現在、山の辺の道というのは、桜井市の海石榴市《つばいち》から天理市の石上《いそのかみ》神宮までの約十二㎞のみちのりをいい、旅人はJRか近鉄の桜井駅を起点に歩き初めるのがよいだろう。北口に出て一歩足を踏みしめれば、そこはもう国のはじめの大地である。

三輪山を左に眺めながら、東北に約七〇〇m歩くと、桜井市の水道局がある。さらに東へ進むと左手に中和幹線(高架道路)への進入路があり、道路下に小公園が見える。園内には「欽明天皇磯城嶋金刺宮址」の石標、「磯城邑伝承地」の碑、保田與重郎の「文学碑」、「万葉歌碑」などがある。このあたりが六世紀の国際都市として栄え、史上有名な仏教公伝(五五二)のあった欽明天皇の皇居の跡地と考えられている。

磯城島《しきしま》の大和《やまと》の国は言霊《ことだま》の
さきはふ国ぞまさきくありこそ
人麻呂歌集〈巻十三・三二五四〉

歌意・日本の国は言葉にひそむ精霊が不思議な作用をして、人に力添えをしてくれる国である。どうぞ無事で行ってらっしゃい。

言葉には言語精霊がひそんでいるという信仰である。これは遣唐使に贈った歌。——

当地から真東に遠く初瀬の峡谷が開けている。ここが朝日の昇るところであり、その山あいを「大門《やまと》」という。「日出づる国」や「大和」は、自然の風景のなかより自ずから生まれた名であった。ことに「敷島の日本《やまと》」という古い国の称号は、欽明天皇の宮の所在の地名にゆかりを持つのである。——後世、「敷島の道」といえば、もっぱら歌道を指すようになる。

ちなみに石標の染筆者・保田與重《やすだよじゅう》郎《ろう》氏は、桜井出身の文芸評論家で、その偉大なる文業は『日本浪曼派』を創刊するなど、昭和の思想・文学界に多大な影響を与えた。また氏は歌

保田與重郎・筆「欽明天皇磯城嶋金刺宮址」の石標（城島公園）

佛教伝来之地碑

人としても優れていた。

初瀬《はせ》川の瀬の音が清らかに鳴っている。川は三輪山の岬《みさき》、佐野《さの》の渡りをゆるく曲がって流れるあたりから、三輪《みわ》川と呼ばれるようになる。

夕さらず河蝦《かはづ》鳴くなる三輪川の
清き瀬《と》の音を聞かくしよしも
作者不詳〈巻十・二二二二〉

歌意・毎夜〳〵、河鹿《かじか》が鳴いている三輪川の清らかな音を聞くのは、愉快なことだ。

このような『萬葉集』の歌は、特に意味はなくてもよい。ただ言葉の調べがこころよいので、古《いにしえ》の人たちも口々に、高らかに謡《うた》ったのであろう。ここに近年、桜井市の有志による立派な「佛教公傳」碑が立った。

海石榴市《つばいち》

三輪山と三輪川のあいだ、西へ扇のように開けた地に海石榴市《つばいち》があり、古代は市が立っていた。ここは東西南北の道が集まるところ。また初瀬川は大阪湾と結ぶ終着の港であった。欽明天皇十三年、百済から磯城嶋金刺宮に仏教を伝えた使節もここに上陸した。平成九年、ここに「仏教伝来の地」の巨碑が建立された。市は本来、年末や早春に祝福や占いのために里に下りて来る山人の接待場《いちにわ》だったが、山人の持って来た〝山づと〟と物々交換をしたために、のちの市場となった（P.11参照）。また交通の要衝だったため「歌垣《うたがき》」がさかんに行なわれた。春や秋、決まった日に近く遠くの若者が着飾って市に集まり、結婚の儀礼を行なったのである。男女はたがいに歌を掛け合って求婚した。

紫草《むらさき》は灰さすものぞ海石榴市《つばいち》の
八十《やそ》の衢《ちまた》に会へる子や誰
作者不詳〈巻十二・三一〇一〉

歌意・紫草の汁には、椿の灰を入れて染めるという。その名を持った椿市の往来で出会った君、名前を告げなさいよ。

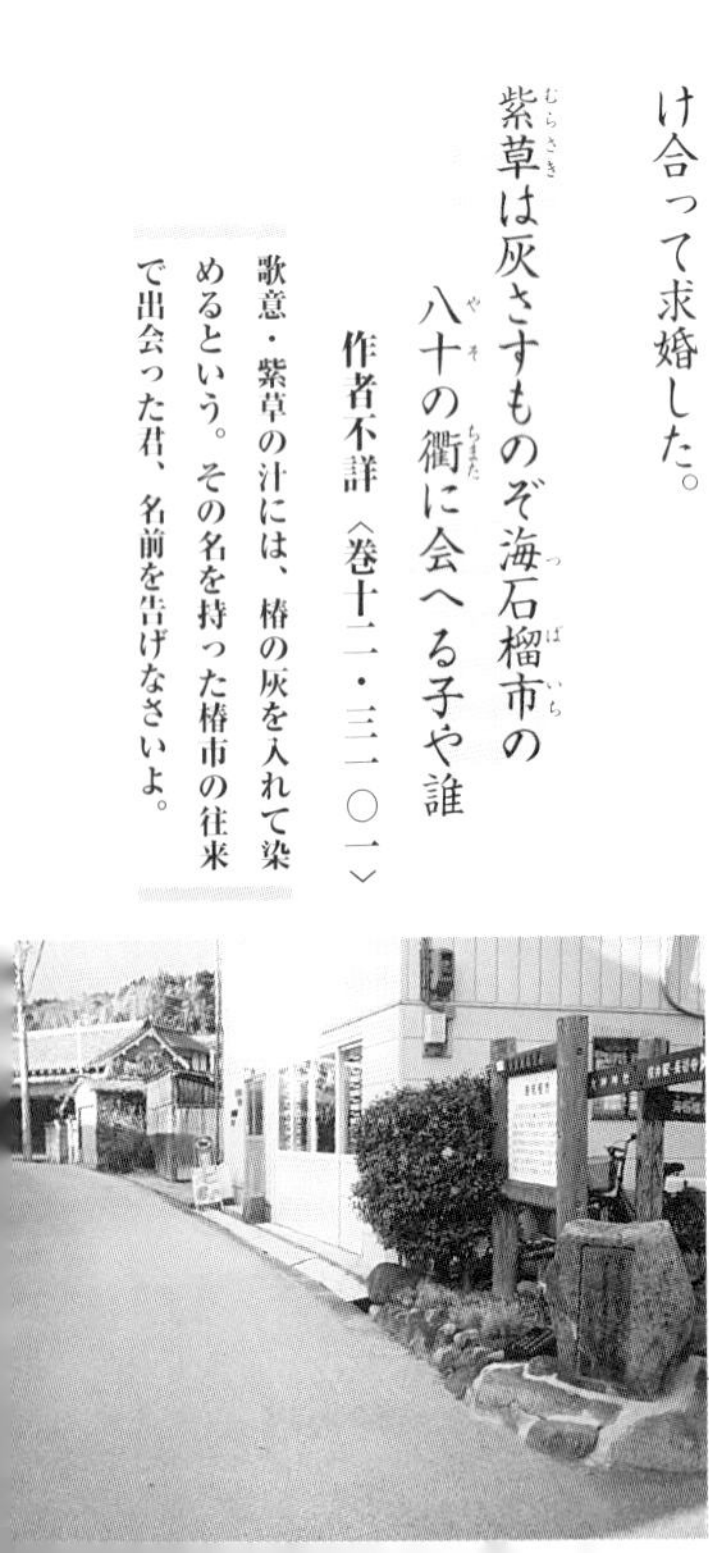

海石榴市の八十衢《やそのちまた》と歌碑「むらさきは…」

たらちねの母が呼ぶ名を申さめど
　道行く人を誰と知りてか
同右〈巻十二・三一〇二〉

歌意・お母さんが私を呼ぶ時の名を言いもしましょうが、ただ道で出逢うたあなたが誰だとも知らずに、言うわけにはいきません。

男が歌い掛け、女が答える唱和の歌である。

四通八通する市には、街路樹として椿（古代は山茶花）が植えられていた。「紫草は……」は、紫草染めには椿の灰汁《あく》をそそいで色を付けるということから、序詞となったのである。

古代は名前にその人の霊魂が寓《やど》っているという信仰があったので、かんたんには他人に自分の名を明かさなかった。特に女性は、「たらちね……」の歌のように近親しか知らない名（忌名《いみな》）があった。相手に名を知られると、結婚を許可したことになったのである。

海石榴市観音のある集落の中の道を西に行き三叉路の細道を右へ登ると金屋《かなや》である。三輪山沿いの谷を彌勒《みろく》谷と呼ぶのは、金屋の石仏があるからで、二体の浮彫《レリーフ》の仏は、今はお堂の中に納められている。

天理教敷島教会の手前の杜《もり》に『延喜式《えんぎしき》』の式内大《しきないたい》社《しゃ》・志貴御県坐神社《しきのみあがたにいますじんじゃ》がある。ちなみに『延喜式』とは醍醐天皇の天長五年（九二七）に完成した平安初期の国家の法制書で、この中の「神名帳《じんみょうちょう》」に記されている神社を式内社と称する。また同書には祭典のおりに奏上《そうじょう》する祝詞《のりと》も記載されており、これを「祝詞式《のりとしき》」という。神社が法律によって定められているのは、神社とその祭りが国家の根本であるからだ。――大和を旅すると、式内社の名は到るところに見られる。なぜそこに鎮座するのかということを考えるのも、古代の学びである。

境内には、「崇神天皇磯城《しき》瑞籬宮《みずがきのみや》址」の石標が立っている。崇神天皇は初代の神武天皇から数えて十代目に当たり、その称号を「はつくにしらすすめらみこと」といい、初代天皇と同名である。これは崇神天皇の時代に大和の国力が大いに栄え、初代の偉業に等しかったので、同じ名を称したという。しかし、天皇の本来の信仰から言えば、天皇は即位されると、どなたも「肇国治天皇《はつくにしらすすめらみこと》」であった。
　この宮居は、青々とした若木で結った籬《まがき》のように瑞々《みずみず》しかった。周辺の山・川・森・岩が一つになって神域を形成していたのであろう。社号の御県とは、天皇のお食事のための菜園を指し、大和には六ヶ所ある古社だ。志貴は磯城・師木とも書き、当地一帯の地名だった。

君に恋ひうらぶれをれば磯城の野の
　秋萩しぬぎさ雄鹿《をしか》鳴くも
　　作者不詳〈巻十・二一四三〉

歌意・あの人に焦がれて、しょんぼりしている時に、磯城野の秋萩を分けて鹿の声が聞こえてくることだ。

磯城島の大和の国に人ふたり
　ありとし思はば何か嘆かむ
　　作者不詳〈巻十三・三二四九〉

歌意・この大和の国にあの人のような人が他にいれば、嘆くことはないのだが、居そうもない。

　二首目の歌は、五・七……とつづく長歌を乱《おさ》めた反歌《はんか》であり、「磯城島」は二十九代欽明天皇の都の名どころである。

我が衣《ころも》色に染みなむ美酒《うまさけ》を
　神籬《みもろ》の山は紅葉《もみぢ》しにけり
　　人麻呂歌集〈巻七・一〇九四〉

歌意・三輪山はすっかり紅葉してしまった。山に入ったら着物までまっ赤になるだろう。

　この歌碑の立つ平等寺は、大神神社の神宮寺だった。――美酒《うまさけ》という枕詞は、神酒を醸《か》む道具の酒甕《さかがめ》をみわと言ったので、神籬《みもろ》、三輪《みわ》を起こしたのである。大神神社の摂社には酒人《さかびと》・活日命《いくひのみこと》を祭る活日神社があり、馬場山の祭祀《さいし》遺跡では醸造のための土製祭祀模造品が出土した。

三輪山《みわやま》

　この大自然をそのまま神としたのが、わが国の神《しん》道《とう》である。古代は今のような神殿は無く、自然そのものを神と拝んだ。
　大神神社は、古い神道の姿を今に残すわが国最古の神社の一つで、当社は三輪山を御神体としているのである。本殿は無く、拝殿の奥に三輪鳥居と呼ばれる独自の三ツ鳥居が立っている。その奥の空間はただ青黒い神の杜で、この畏怖感がただちに畏敬となって伝わって来るのが神の道だった。

本殿の三つ鳥居から山頂に向かって三つの磐座《いわくら》(辺津《へつ》・中《なか》津《つ》・奥津《おきつ》)がある。頂上の高宮《こうのみや》(高峰)神社の東には、るいるいと岩群が重なっており、黒々と雨に濡れた磐座には、太古の息づきがあった。高宮はまともに朝日・夕日を受けるところだ。太陽信仰の原点がここにもあろう。——

三輪の磐座

狭井河之上の石標と三輪山

三輪山をしかも隠すか雲だにも
情《こころ》あらなむかくさふべしや
額田王《ぬかたのおおきみ》〈巻一・一八〉

歌意・三輪山をあんなに隠すことだ。せめて雲にでも思いやりがあってくれればいいのに。でも隠すことだ。

長歌の反歌であるこの歌は、額田王の作とされている。近江京への都移りは、飛鳥から磐余《いわれ》の道に出て、さらに北方の山の辺の道をたどり、奈良坂に到った(現在、再現されている)。約十七㎞である。王たち一行は大和の国魂《くにたま》である三輪山に別れを告げかねて、何度も振り返った。しかし、奈良坂を過ぎるともう見えなくなった。

今日の三輪山内には緑が滴《したた》っている。木漏《こも》れ日を踏みながらゆく静かなみちだ。これが雨の日となると一変する。山肌には狭霧《さぎり》がいきもののように蠢《うごめ》いて、神の恐ろしさを直感させるのである。——鎮女《しづめの》池《いけ》の奥に大神の荒魂を祭る、霊泉で有名な狭井神社がある。創建は垂仁天皇代と伝え、そのほとりを流れるのが狭井川である。さい(ゐ)とは古語で、山百合

（今の笹百合）のことである。毎年六月、奈良市の率《いさ》川《がわ》神社で行われる「三枝祭《さいぐさ》」は、当地で採集した百合を供える。三島由紀夫の小説『奔馬』（『豊饒の海』第二部作）に紹介されて広く知られるようになった。

ここから先は、明るい野道である。「神武天皇聖蹟狭井河之上《さいかわのかみ》顕彰碑」の巨大な石標の建つあたりが、高佐士野《たかさじの》で、神武天皇がのちの皇后となる伊須気余《いすけよ》理比売《りひめ》に求婚された伝承が『古事記』に記されている。

三輪山の山辺真麻木綿《やまべまそゆふ》短木綿《みじかゆふ》
　かくのみからに長しと思ひき
　　高市皇子《たけちのみこ》〈巻二・一五七〉

歌意・三輪山のあたりで出来る真麻の幣帛、その短い幣帛のように、わずかこれくらいの短い契りだったのに。――いつまでも続くものだと安心していた、それが残念だ。

山吹の立ち儀《よそ》ひたる山清水
　汲みに行かめど道の知らなく
　　同右〈巻二・一五八〉

歌意・十市皇女の葬ってある墓の辺には、山吹の花のとり囲んだ山の清水がある。それを汲むためにみ霊《たま》は通っておられようが、私にはその道を知ることが出来ない。

高市皇子（天武天皇長男）が異母姉の十市《とおち》皇女（母は額田王）の急逝を悲しんで歌った挽歌。二首目はことに秀歌として知られ、歌碑にもなっている。

うまざけを三輪の神籬《みもろ》の山光る
　秋の紅葉の散らまく惜しも
　　長屋王《ながやのおおきみ》〈巻八・一五一七〉

歌意・三輪のみもろ山が照り輝くほど、美しい秋の紅葉が散ってしまおうとするのが、惜しいことだ。

作者は先にあげた高市皇子の男子。左大臣に任じ、国政に重きをなしたが、密告により自経。史上に有名な「長屋王の乱」である。

檜原《ひばら》・巻向《まきむく》

玄賓庵《げんぴんあん》は平安初期の高僧・玄賓ゆかりの寺で、その人は名利を捨ててここに隠棲した。世阿彌の能「三輪」では、玄賓を三輪明神の縁起を説くワキ僧として登場させている。世阿彌は今の多武峯・談山神社の保護をうけて大成した能役者で、当地も彼にとってはふるさとであった。ここを過ぎると檜原に出る。

古にありけむ人も吾がごとか
三輪の檜原《ひばら》に插頭《かざし》折りけむ
人麻呂歌集〈巻七・一一一八〉

歌意・私は標《しるし》の桧の枝を折ってかざす。昔の人も私のように三輪の桧原で桧をかざしたものであろうか。

行く川の過ぎぬる人の手折《たを》らねば
うらぶれたてり三輪の檜原は
同右〈巻七・一一一九〉

歌意・死んだ人とは共に来ることなく、私はひとり三輪の桧原で桧の葉をかざしている。そんな心でいると、桧原もしょんぼりしているようだ。

檜原神社の白砂と木々の緑の配合は日本美の原点だった。三ッ鳥居の前方に広がる斎庭の清らかさ——。右の二首は亡き妻を悼んだ人麻呂の挽歌である。

檜原社にはまた、これも三輪の独特な注連《しめ》鳥居が建つ。その額縁のようなあいだの空間に、はるか没日の二上山を拝することが出来るのである。古代の人々の心象のなかには、すでに仏教伝来以前の他界観念があった。それに、はっと気付かされるような美しさである。「春がすみいよよ濃くなる真昼間のなにも見えねば大和と思へ」——大和忍海の生んだ大歌人・前川佐美雄の歌碑はその鳥居のほとりに立つ。歌のすばらしさに加えて、石ぶみの立地のよさは、大和随一といっても過言《かごん》ではなかろう。

檜原神社から大和国原を望む

神籬《みもろ》のその山並《やまなみ》に子等が手を
巻向山は配合《つき》のよろしも
人麻呂歌集〈巻七・一〇九三〉

歌意・三輪山のその山つづきに美しい山が見える。それがあの可愛い娘の手を枕にするという名の巻向山で、配合のよいことだ。

三輪山とその背後に聳《そび》える巻向《まきむく》山との配合がよい、と率直に歌った。

足引きの山かも高き巻向の
岸の小松にみ雪降りけり
人麻呂歌集〈巻十・二三一三〉

歌意・この山は高いからか、巻向山の崖の小松には雪が降ったことだ。

巻向の檜原もいまだ雲居《ゐ》ねば
小松が末《うれ》ゆ泡雪《あはゆき》ながる
同右〈巻十・二三一四〉

歌意・ここ巻向山につづく檜原にもまだ、雲がかかっていないのに、もう小松の梢に泡雪が降っていることだ。

二首ともに雪の歌。歌柄からして人麻呂自身の作と考えられている。

穴師《あなし》川川波立ちぬ巻向の
弓月ヶ岳に雲居《くもゐ》立つらし
人麻呂歌集〈巻七・一〇八七〉

歌意・穴師川に波が立ちだした。弓月ヶ岳には、風が起こって、雨雲が出はじめたに違いない。

左より穴師山、巻向山（弓月ヶ岳）、三輪山、箸墓

巻向の穴師の川ゆ行く水の
絶ゆる事なくまたかへり見む
同右〈巻七・一一〇〇〉

歌意・巻向山から流れてくる穴師川の景色はよい。だから私もその川水がとぎれないようにまた見に来よう。

ぬばたまの夜来《さ》り来れば巻向の
川音《かはと》高しも嵐かも疾《と》き
同右〈巻七・一一〇一〉

歌意・夜になって、いよいよ巻向川の川音が高くなってきた。山おろしの風が激しくなって来たのかもしれない。

檜原社を北に出た谷に流れているのが巻向川である。この川は穴師の里を流れるので穴師川ともいう。昔日は水車がたくさんあったので、車谷《くるまだに》と呼んだ。右三首は人麻呂の歌集に出ている。弓月《ゆづき》ヶ岳《たけ》は巻向山（▲五六七m）の北の一峰で、三輪山（▲四六七m）と穴師山（▲四〇九m）の間に見え、神聖な槻《つき》の神木が生えていた。三首目は夜の川を歌ったもので、夜の鎮魂の祭りの感覚が潜んでいる。

あしびきの山川《やまかは》の瀬の鳴るなべに
弓月《ゆづき》が嶽に雲立ち渡る
人麻呂歌集〈巻七・一〇八八〉

歌意・谷川の浅瀬に波の音がひどくしだした、と同時に弓月ヶ岳に雲が出てきた。

右の歌は『萬葉集』のなかでも特に人口《じんこう》に膾炙《かいしゃ》された歌で、その畳み上げるような調子《リズム》は力強く、まさに神詠と呼ぶにふさわしい。――古代の人々は、霧や雲を単なる景色とは見ていなかった。それにたましいの動きを感じていたのである。

巻向の山辺響《とよ》みて行く水の
泡沫《みなわ》のごとし世の人我れは
人麻呂歌集〈巻七・一二六九〉

歌意・巻向山のふもとを鳴りとよもしてゆく水ははげしく、その泡沫はいつか消えてしまう。人間というものはすべてこういうものだ。

これも人麻呂の歌だ。彼の時代には四書五経も漢文学も、また仏教も貴族を中心とする人々に行き渡りつつあった。こういう思想による人生観が人麻呂にも芽生えていたのであろう。近代人の詩情に近いものがある。――人麻呂は古代人の習慣がいよいよ外来の思想に染まってゆく時代に生き、新・旧貴族の政権交替や、「壬申の乱」という大きな戦争も体験した純粋な国民詩人であった。彼の歌はすべて慟哭《どうこく》しているといっても過言《かごん》ではない。――ちなみに人麻呂は穴師の里で生まれたという伝説がある。柿本氏は今の天理市に本拠を持つ和珥《わに》氏に属していた。

式内大社・穴師坐兵主《あなしにいますひょうず》神社へは、穴師の里から坂道を三〇〇mほど登る。ここが穴師の神人の本拠地だった。『古今集』巻二十の〝神遊び歌〟に「巻向のあなしの山の山人と人も見るがに山かつらせよ」とあるように、この穴師山人は有名だった。年末や初春にかけて山から下って、市（接待場《いちにわ》）で祝福《ことほぎ》の祭りや占いを行った。その時彼らの持って来た〝山苞《やまつと》〟（山茶花の杖など）

「泡沫《みなわ》のごとし…」と詠まれた巻向川（穴師川）。背後は三輪山

と、里人の物産とを物々交換したのが後世の市場の起こりである。

また神人たちは全国を旅して、穴師の兵主神の信仰を宣布して行った。ひょうずとは、水の神で、彼らは山水による禊《みそぎ》の呪術《じゅじゅつ》を行った。河童《かっぱ》のことを〝ひょうすべ〟というのは、この信仰から来ているという。

当社下の台地、鳥居の立つところが相撲神社の「カタヤケシ」で、かたやとは片屋の意。ここで当麻《たいまの》蹴速《けはや》と野見宿祢《のみのすくね》が天覧相撲をとり、わが国技・相撲の発祥地となった。

――垂仁・景行と続く二代の天皇はこの山裾に都を作った。「纒向珠城宮《まきむくのたまきのみや》」と「纒向日代宮《まきむくのひしろのみや》」である。倭建命《やまとたけるのみこと》がその死の直前に歌った望郷歌「倭は　国のまほろば　たたなづく青垣　山隠《やまごも》れる大和し　美《うるは》し」は、わがふるさとを詠んだものだ。

崇神天皇陵より大和国原一望

長岳寺山門と歌碑

陵《みささぎ》みち

暗緑に静まる箸墓《はしばか》の巨大な存在は、神秘的だ。被葬者とされる倭迹迹日百襲姫《やまととひももそひめ》と三輪山の大物主《おおものぬし》神の化身、蛇との神婚譚は「三輪山伝承」としてあまりにも有名である。この姫を古く卑弥呼とする説がある。ととひは鳥の霊魂を象徴する名とされ、古代人にとって、鳥は霊魂を運ぶものとして信仰された。

古墳では死者を祭る祭祀《さいし》が行なわれた。崇神天皇陵の北にある櫛山古墳の前方部には、祭壇が設けられてあった。そこには淡路島産という白石が敷かれており、その小石こそ海のかなたの理想郷、常世《とこよ》の国の霊《たま》の寓《やど》りの玉と信じられた。

崇神天皇陵（山辺道勾岡上陵《やまのべのみちのまがりのおかのうえのみささぎ》）の造形の美しさ、またそこから見る大和国中をはじめ生駒山・二上山・葛城・金剛山と連なる山脈の眺望のすばらしさは、山の辺の道随一であろう。景行天皇陵（山辺道上陵《やまのべのみちのうえのみささぎ》）とともに「山の辺の道」をその陵の名に残している。

大和神社の神奈備

釜ノ口・長岳寺《ちょうがくじ》は淳和天皇の勅願寺で、空海の開基。もと、大和神社の神宮寺だった。龍王山城にいた武将の十市遠忠《とおちのとおただ》は歌人・書家として室町時代の大和文化を開いた恩人だった。大門のほとりに歌碑が建っている。「えにしあれや長岳寺《ながをかでら》の法《のり》の水むすぶ庵《いほり》もほど近き身は」――門前にある根上り松の異様な迫力は、ここに昔は砦があったという伝えからであろうか。

『延喜式』の式内大社・大《おお》和《やまと》神社の鎮座する地は、太古は付近一帯が原生林におおわれた、大きな神奈備《かむなび》だった。倭一国の最も秀れた魂を祭る聖地としてふさわしく、今もそのなごりがある。祭神の倭《やまと》大国魂《おおくにたま》は、宮中に天照大神《あまてらすおおみかみ》とともに祭られていたが、垂仁天皇代に当地に遷《うつ》された。

大東亜戦争（太平洋戦争）の時、世界最大級の戦艦「大和」の名称は当社からもらい、またその艦内には船霊《ふなだま》として大和神社の分霊が祭られていた。

衾道と手白香皇女陵

飛ぶ鳥のあすかの里を置きて往《い》なば
君があたりは見えずかもあらむ
元明《げんめい》天皇〈巻一・七八〉

歌意・住みなれた飛鳥の里を、後にしてしまったら、恋しい人の住む家のあたりも、見えなくなってしまうであろう。

この歌は、元明女帝が和銅三年（七一〇）藤原宮から寧楽《なら》宮へ都移りのあった時、大和神社付近（現・天理市長柄）の長屋の原に御輿《みこし》を停められ、はるか故郷を望んだ作である。

衾田《ふすまだ》陵は継体天皇皇后手白香《たしらか》皇女の陵墓といわれている。ここから山の辺の道は衾路と呼ばれる。

衾道《ふすまぢ》を引手《ひきて》の山に妹を置きて
山路を行けば生けりともなし
柿本人麻呂〈巻二・二一二〉

歌意・引手の山にいとしい人を残して置いて、山路を帰って来ると、生きている元気もない。

柿本人麻呂が妻を失って悲しみ詠《よ》んだ歌で、長歌の反歌。引手山はこの御陵の北、龍王山の中腹を指し、古代の葬地だった。衾は祭りの時に女性がかぶる白い絹で、これが死者にもかぶせられたのか……。反歌のもう一首、

石上神宮と布留の神杉

昨年《こぞ》見てし秋の月夜はてらせれど
あひ見し妹はいや年離《さか》る
同右〈巻二・二一一〉

歌意・昨年いっしょに見た秋の月は照っているが、逢うていたあの人は、年毎に遠ざかってゆく。

これも調子高く、人麻呂の名歌のひとつである。ここ萱生《かよお》は天理市で、竹之内の環濠集落や、茅葺きのめずらしい拝殿を持つ式内社の夜都伎《やつぎ》神社を過ぎると、もう山の辺の道も終わりに近づく。奈良までのみちは、この先である。

石上《いそのかみ》・布留《ふる》

内山永久寺は石上神宮の神宮寺で鳥羽天皇勅願寺。壮大な伽藍を誇ったが、明治の廃仏で滅んだ。今は浄土式回遊庭園の池跡が残るばかりである。池のほとりには「後醍醐帝行在《あんざい》萱御所跡」の石標が立つ。『太平記』によれば、延元元年（一三三六）、後醍醐天皇は笠置落ちした際、この寺に一時身を寄せられた。

との曇り雨布留《ふる》川の小波《さざれなみ》
間《ま》なくも君は思ほゆるかも
作者不詳〈巻十二・三〇一二〉

歌意・空いっぱいに曇って、雨が降るという語にゆかりある布留川のさざなみがすき間もなく立っているように、いとしい人のことを思うことだ。

處女《をとめ》らが袖《そで》布留《ふる》山の瑞垣《みづがき》の
久しき時ゆ思ひきわれは
柿本人麻呂〈巻四・五〇一〉

歌意・布留山の社（石上神宮）の玉垣が、社とともに古いように、長い間私はあなたを思いつめていた。

石上・布留はひとつづきの地で、歌枕として知られ、式内大社の石上神宮は、布留社ともいい、古代豪族・物部《もののべ》氏の本拠地であった。

石の上布留の神杉《かむすぎ》神《かむ》さびて
恋をも我は更《さら》にするかも
人麻呂歌集〈巻十一・二四一七〉

歌意・石上神宮の神杉ではないが、神さびて（年寄って）、また改めて恋をすることだ。

物部氏は精霊《もの》を扱う部族で、土地のものを圧《おさ》えつけることから、武人の役目もした。もののふである。一族の中心者は天皇の霊を扱った。もののけ、ものしりもみな、この精霊《もの》から来ている。

―当社にはもと本殿は無く、現・拝殿背後に禁足地と呼ばれるところがあり、「高庭《たかにわ》」などと称された。祭神は七支の剣を御正体《ごしょうたい》として、ここに埋納されていると伝えられた。

旧・永久寺　萱御所跡

極楽寺

行基《ぎょうき》の弟子信阿の創建といい、享録四年（一五三一）円誉道阿が中興したという。本尊の釈迦如来像、阿弥陀如来像はともに藤原時代作といわれる。墓地内の十三重石塔は、三輪上人慶円の供養塔といわれる。

磯《し》城《き》島《しまの》金《かな》刺《さしの》宮《みや》跡《あと》

金屋の東南、泊瀬川のほとり一帯が磯城島で、欽明天皇の宮があった。中和幹線の北の小公園に宮址碑などがある。

海石榴《つば》市《いち》

水陸交通の要所であったので、古代は有名な市《いち》がたっていた。『萬葉集』では恋歌を残し、『書紀』には、影媛の悲恋を伝えている。また、推古天皇十六年（六〇八）には朝廷が唐使の上陸を飾騎七十五匹を出して迎えた。

金《かな》屋《や》石仏

凝灰岩の石棺を利用した板彫石佛二体は、釈迦如来と弥勒菩薩といわれ、耳の不自由な人に霊験ありと伝えている〈重要文化財〉。

志貴《しきの》御《み》県坐《あがたにいます》神社

御県の神を祭るのは、天皇の御膳《おもの》を奉る御料菜園としてであり、大和御県六社の一つで、天平二年（七三〇）以前の創建と伝え、『延喜式』式内大社である。この付近には崇神天皇の宮居があったと伝え、「崇神天皇磯城瑞籬宮址《しきみずがきのみやあと》」の石標が立つ。

平等寺

聖徳太子が十一面観音を本尊とした大三輪寺を創建し、正治二年（一二〇〇）僧慶円が来住して平等寺と改称した。当時は大神《おおみわ》神社の神宮寺として伽藍・僧房が甍《いらか》を並べていたというが、維新の廃仏棄釈により廃墟と化した。その後、明治十一年に摂津の翠松庵をこの地に移転し、本堂は昭和五十三年に再建された。

三輪茶屋旧跡

三輪明神の門前町として栄えた所である。近松門左衛門の名作『冥途の飛脚』で有名な梅川・忠兵衛が潜《ひそ》んだ茶屋跡には碑が建てられた。

大《おお》直《たた》禰《ね》子《こ》神社

僧慶円は大神神社の神宮寺として大御輪寺を建てた。弘安八年（一二八五）西大寺の思円上人が建てた本堂を維新後そのまま神社の本殿とした。和様仏堂建築で楔《くさび》を用いていないのが特色である〈重要文化財〉。

大《おお》神《みわ》神社

式内大社。旧・官幣大社正一位。大物主神を祭神としその神徳は『記紀』に記され、『萬葉集』にも多くの歌を残している。古くから大和一の宮といわれ、神殿はなく三輪山を神体としている。

拝殿

徳川家綱の造営で寛文四年(一六六四)の上棟。正面は唐破風造の大向拝《こうはい》、内部は割拝殿となり奥の両側に神饌物を献る御棚《みたな》が設けてある〈重要文化財〉。拝殿奥正面に三ツ鳥居が建っている。

神杉

巳《み》の神杉は拝殿前に玉垣でかこまれた二股《ふたまた》の老杉で、根元の穴に蛇が数匹棲み信仰をあつめている。

験《しるし》の杉

手水舎《ちょうずや》の覆屋《ふくや》の後に株があり『大和名所図会』にもある。大正元年九月の暴風雨で倒れた。

衣《ころも》掛《がけ》の杉

世阿弥元清の「三輪」にも謡《うた》われた古株が正面石段下の南側の覆屋の中にある。隣接して釈迢空(折口信夫)の「やすらなる息をつきたり大倭　山青垣に風わたる見ゆ」の歌碑あり。

狭井坐大神荒魂《さいにいますおおみわのあらみたま》神社

狭井神社ともいう。拝殿裏の「狭井のお神水《こうすい》」という井戸水を飲めば諸病から救われるという。

高《こうの》宮《みや》神社

山中の三光滝の上が中津磐座《なかついわくら》で、山上の高宮神社は真西に向いている。その北側に奥津磐座がある。

狭《さ》井《い》河《がわ》の上《ほとり》

神武天皇聖蹟顕彰碑が建つこの辺りは、天皇が皇后伊須気余理比売命《いすけよりひめのみこと》に妻問いされた地という。

玄《げん》賓《びん》庵《あん》

弘仁の頃(八一〇~)に僧・玄賓がこの辺りに草庵を作り隠棲したという。木造不動明王坐像〈重要文化財〉。

檜《ひ》原《ばら》神社

大神神社の摂社で、三ツ鳥居があり、三輪山を神体として神殿は設けていない。この辺りは元伊勢といわれる笠縫邑《かきぬいむら》の伝承がある。柿本人麻呂の歌が多く残されている。

箸墓

三輪山の神・大物主命との"神婚譚"で知られる倭迹迹日百襲姫命《やまとととひももそひめのみこと》の墓で、大市墓《おおちのはか》といい全長二七八mの前方後円墳である。昼は人、夜は神が作ったと伝え、古くから卑弥呼《ひみこ》の墓との説がある。

景行天皇纒向日代宮跡《まきむくのひしろのみやあと》

『書紀』(景行天皇四年)に「纒向に都つくる。是を日代宮と謂《まう》す」と記す。同宮を詠んだ「纒向の日代の宮は　朝日の　日照る宮…」云々の寿歌が『記紀』に残る。

穴《あな》師《し》坐《にいます》兵《ひょう》主《ず》神社

風神・水神で、式内大社である。兵主神社を中央に、若御魂《わかみたま》神社・大兵主神社の三社を祭っている。相撲《すもう》神社があり昭和三十七年には幕内全力士が参拝した。

垂仁天皇纒向珠城宮跡《まきむくのたまき》

『書紀』(垂仁天皇二年)に「纒向に都つくる。是を珠城宮と謂ふ。」とある。付近の珠城山の尾根には三基の前方後円墳が並んでいる。

景行天皇陵

前方後円墳で全長が三〇〇mあり、四世紀の古墳としては全国で一番大きいという。付近に陪《ばい》塚《ちょう》がある。

崇神天皇陵

全長二四二mの前方後円墳で高堤を周《めぐ》らし濠中に浮島がある。柳本藩主織田信成が慶応元年(一八六五)修築した。

櫛山古墳

崇神陵の北方にあり、双方中円墳と呼ばれる特異な形式の古墳で四世紀頃のものという。

長《ちょう》岳《がく》寺

淳和天皇の勅願により弘法大師が大和《おおやまと》神社の神宮寺として創建した。

根上り松

戦国時代の砦の上に松が生え、その石垣を外したので根が現れたという。傍の下馬石は室町時代作という。

庫《く》裡《り》

寛永七年(一六三〇)建立。もとの塔頭《たっちゅう》・普賢院の建物で、玄関は桃山様式、内部は室町様式である〈重要文化財〉。

延命殿

宝形造・桧皮葺《ひわだぶき》で小堂ながら唐戸・蟇股《かえるまた》などが美しい。寛永八年(一六三一)建立の持仏堂〈重要文化財〉。

鐘楼門
藤原時代の遺構。重層の屋根・入母屋造の上層は「吹放し」で、梵鐘を吊《つ》っていた〈重要文化財〉。

本堂
本尊は阿弥陀如来坐像である。観世音菩薩半跏像《はんかぞう》・大勢至菩薩半跏像・多聞天・増長天ともに〈重要文化財〉。

衾《ふすま》田《だ》陵
継体《けいたい》天皇皇后手白香《たしらか》皇女の陵墓で、西殿塚古墳といわれ前方後円墳。東殿塚古墳なども近くにある。

大《おお》和《やまと》神社
天理市新泉《にいずみ》にあり、式内大社で旧・官幣大社正一位である。祭神・倭大国魂神は崇神天皇の時、宮中に天照大神と並祭していたが、天照大神は伊勢に、この神は垂仁天皇時代に当地へ遷し祭られたという。

高《たか》龗《おかみ》神社
摂社で丹塗《にぬり》春日造の小社だが、旧・官幣大社丹生川上《にうかわかみ》神社の祭神は、この祭神を分祠したものという。

祖霊社
戦艦大和の艦名は当社からもらい、船霊も当社の分霊が祭られた。

乗鞍古墳
東乗鞍には横穴式石室の中に石棺があり、西乗鞍には、昭和天皇大演習統監の記念碑がある。

内山永久寺跡
鳥羽法皇の勅により保延元年（一一三五）亮恵上人《りょうけいしょうにん》が建立した。石上神社の神宮寺で、後醍醐天皇が吉野へ逃《のが》れられるとき延元元年（一三三六）に、この寺に身を寄せたという。本堂池には馬の首が魚になったという「馬魚《まぎょ》」がいた。

石上《いそのかみ》神宮
式内大社、旧・官幣大社正一位。祭神は布都御魂《ふつみたま》大神・布留《ふる》御魂神・布都斯《ふつし》御魂神である。

楼門
屋根は入母屋造《いりもやづくり》・桧皮葺《ひわだぶき》、柱は円柱で、棟木に文保二年（一三一八）の墨書銘がある〈重要文化財〉。

拝殿
白河天皇は永保元年（一〇八一）の"石上鎮魂祭"に、宮中三殿の一つである神嘉殿の建物を奉納した〈国宝〉。

出《いず》雲《も》建《たけ》雄《お》神社

若宮で式内社。拝殿は割拝殿で、蟇股は三つの時代の特徴を表している〈重要文化財〉。

二、飛鳥の道

雷丘

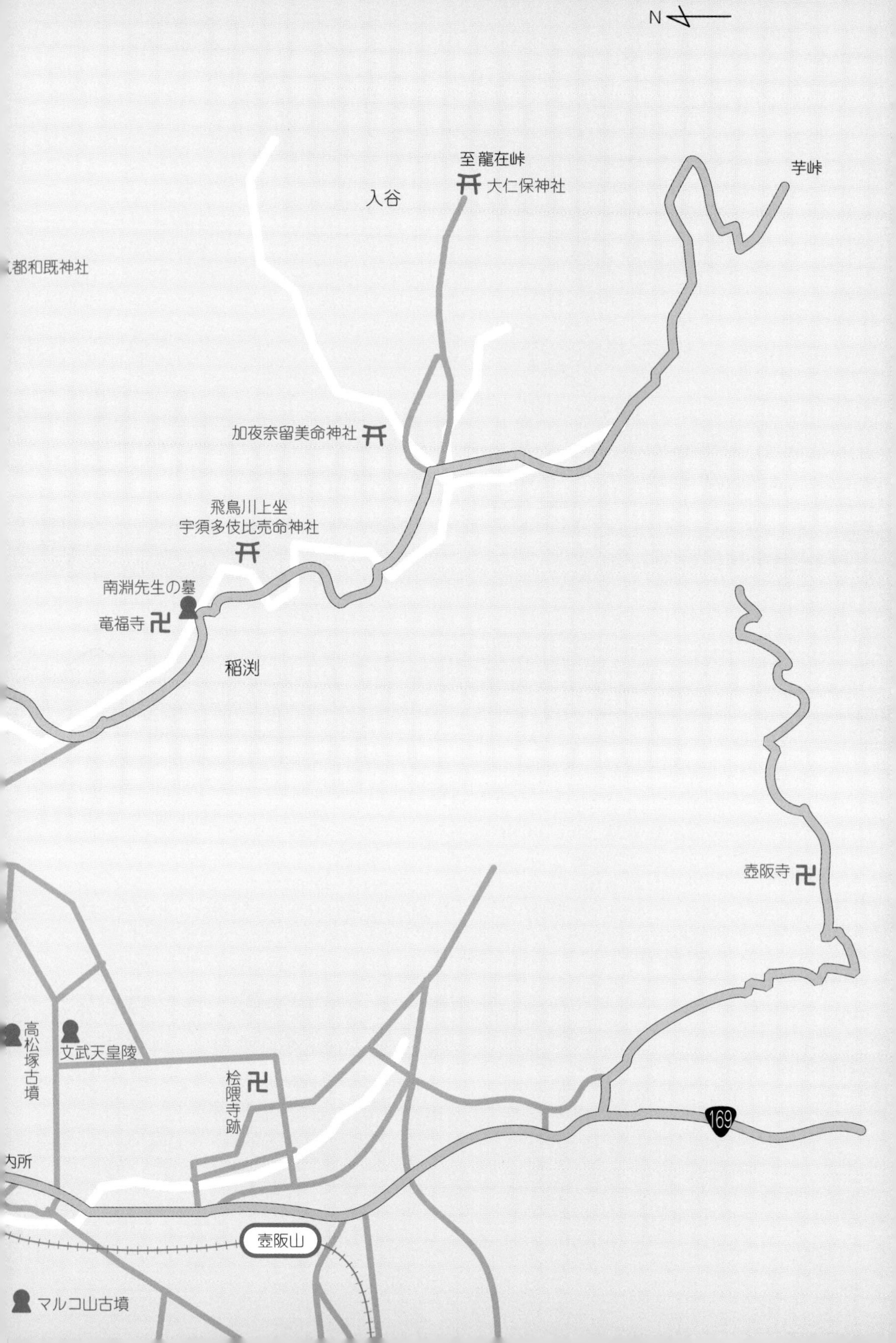
N
至龍在峠
大仁保神社
入谷
芋峠
都和既神社
加夜奈留美命神社
飛鳥川上坐
宇須多伎比売命神社
南渕先生の墓
竜福寺
稲渕
壺阪寺
高松塚古墳
文武天皇陵
桧隈寺跡
内所
169
壺阪山
マルコ山古墳

2. 飛鳥の道

御破
高家
山田寺
大原神社
鎌足誕生地
岡寺
石舞台古墳
飛鳥資料館
酒船石
島宮跡
飛鳥坐神社
飛鳥研
役場
奥山久米寺
飛鳥寺
伝飛鳥浄御原宮跡
伝飛鳥板蓋宮跡
橘寺
川原寺
雷丘
甘樫坐神社
豊浦寺
甘樫丘
定林
飛鳥川
亀石
菖浦池古墳
天武・持統天武陵
和田池
鬼の雪
鬼の俎
孝元天皇陵
石川池
猿石
吉備姫
石川精舎跡
丸山古墳
欽明天皇陵
岩屋山古墳
岡寺
橿原神宮前
畝傍御陵
近鉄吉野線
桧前川

神奈備《かむなび》の丘

近鉄の橿原神宮駅東口を下車する。まっすぐ四〇〇mほど東へ歩けば、剣池《つるぎのいけ》(石川池)だ。『萬葉集』に「御佩《みはかし》を　剣の池の　蓮葉《はちすば》に　溜れる水の…」〈巻十三・三二八九〉と詠まれた池の南の突出した丘上に、剣池島上陵《つるぎのいけのしまのかみのみささぎ》と称する孝元天皇陵の森が見え、水面に暗い緑の影を落としている。――蘇我氏は孝元天皇の子孫と称していたが、ある日、剣池の蓮の一茎に二房の花を見付けた蝦夷《えみし》は、これを一族繁栄の前兆とした。

御陵の南西が石川の地で、蘇我馬子の石川精舎《しょうじゃ》があった。その跡は本妙寺というお堂だが、今は新築されて昔日のおもかげはなく、馬子塚と呼ぶ五輪塔のみがそのよすがだ。南に接して軽の集落がある。

剣池と孝元天皇陵

春日神社(軽樹村坐神社)
応神天皇軽島明宮跡

天飛《あまと》ぶや軽《かる》の社《やしろ》の斎槻《いはひつき》
幾世《いくよ》まであらむ隠《こも》り妻ぞも
作者不詳〈巻十一・二六五六〉

歌意・軽の社の神木である槻の木が、幾年たっているかわからないが、そのようにいつまで隠しておらねばならないのか。このないしょの恋人を。

歌に詠まれている軽の社は式内社の軽樹村坐《かるのこむらにいます》神社とされ、今は春日神社となっており、軽寺(現・法輪寺)は社と隣接して建っている。――樹村は樹群のことで、そこはうっそうたる槻の杜《もり》だった。槻は神木として古代文学に、ひんぱんに現れる。

飛鳥川行き廻《た》む岡の秋萩は
今日降る雨に散りか過ぎなむ
丹比国人《たぢひのくにひと》〈巻八・一五五七〉

歌意・飛鳥川が流れて裾を廻ってゆく岡に、咲いている萩の花は、今日降っている雨のために、散り失せはしまいか。

甘樫坐神社の立石

わが国の最初の仏教受容のための戦いの原因となった蘇我稲目の向原寺、すなわち豊浦寺は、飛鳥時代には尼寺だった。

飛鳥川は南から流れて来て、甘樫丘の岬になったところから急に曲がり初める。それが「行き廻む」だった。寺とは別に私房があって、奈良から帰った丹比《たじひの》真《ま》人《ひと》国人《くにひと》を迎える宴が催された。右は国人の即興歌で、宴席にて謡《うた》われたものであろう。その尼はすぐに歌を返している。――寺の近くに、甘樫坐神《あまかしにます》社がある。ここは「盟神探湯《くがたち》」の行われたところ。川で禊《みそぎ》して氏姓を正す神判を受けた。

飛鳥川柵《しがらみ》渡し塞《せ》かませば
流るる水ものどにかあらまし
柿本人麻呂《かきのもとのひとまろ》〈巻二・一九七〉

歌意・飛鳥川も柵をかけ渡して、水を堰《せ》きとめたら、流れる水も少しはゆっくり流れたかもしれないのに、残念なことだ。

この付近の飛鳥川は大きく、ゆったりと流れている。むかしの川の流れはよく変化したというから、後世は無常流転をたとえる歌枕となった。「世の中は何か常なる飛鳥川きのふの淵ぞけふは瀬となる」（『古今集』）――上の人麻呂の歌も、明日香皇女の死をいたむ挽歌で、長歌の反歌。もっと長らえたらよかったのに、という気持ちを川に託したのである。川の対岸の小さな村の名は雷で、そこの小丘を雷《いかづち》丘《おか》と呼んでいる。

大君は神にしませば天雲の
雷の上に庵《いほ》らせるかも
柿本人麻呂〈巻三・二三五〉

歌意・天皇は神でいらっしゃるから、あの恐ろしい雷の上に仮小屋を建てて、お出なさることだ。

現在の小丘を、飛鳥時代の雷丘とするのは無理であろう。古代の雷丘は、甘樫丘（▲一四八m）と一続きになったところの一地名で、甘樫丘もまた古代は原生林におおわれた、広大な森林相を成していた

「川とほしろし…」甘樫丘より北を望む

ようで、神岳《かみおか》・三諸山《みもろやま》・神奈備山《かむなびやま》などと呼ばれた神域だった。——

ちなみにこの大君は持統女帝である。

飛鳥川川淀《かはよど》去らず立つ霧の
思ひ過ぐべき恋にあらなくに
山部赤人《やまべのあかひと》〈巻三・三二五〉

歌意・飛鳥川の淀んでいるあたりに、何時までもじっと立っている霧のように、飛鳥の古い都のことを思って、私の焦がれている心はなくなるものではない。

山部赤人の歌で、有名な飛鳥の山河を讃《ほ》めた長歌の反歌である。今の甘樫丘（神岳）に登った時の作。ここに赤人の時代には、飛鳥びとの心の寄りどころとする神奈備があった。「…飛鳥の古き都は　山高み　川遠著《とほしろ》し…」〈巻三・三二四〉という長歌の実感は、丘に登れば一目である。その大景をのべ、反歌によって望郷の思いを一気に乱《おさ》めたのである。

飛鳥風《あすかかぜ》

采女《うねめ》の袖吹きかへす飛鳥風
都を遠みいたづらに吹く
志貴皇子《しきのみこ》〈巻一・五一〉

歌意・この頃までは、宮仕えの采女たちの袖を吹き返していた飛鳥の里を吹く風よ。都が遠くなったので、無益に吹いていることだ。

この作者は志貴皇子で、『萬葉集』には六首のみの入集ではあるが、いづれも名歌のほまれが高い。光仁天皇の父だったためか、春日宮天皇の称号を与えられた。持統天皇は飛鳥の北に大陸風の藤原京を営む。皇子はすでにふるさととなったこの地に来て、地霊をなぐさめたのである。采女は地方豪族の娘より出て朝廷に仕

今の飛鳥神奈備

え、神聖な仕事に奉仕した。選りすぐりの美女たちでもあった。飛鳥風の造語が、いかにも教養人らしい皇子の心のたかぶりを伝えている。

甘樫丘の東、飛鳥の村落の中心を走る道のゆきづまりの杜が、式内大社の飛鳥坐《あすかにいます》神社である。石鳥居が見える。――道を右へ折れると、わが国最古の丈六仏、鳥仏師作の飛鳥大仏が古雅な微笑をもって、旅人を迎えてくれる。寺の西の田んぼの中に入鹿の首塚と呼ばれる五輪塔がある。南の一帯が真神《まかみ》の原で、太古は原生林におおわれた恐ろしいところであったが、今は春になると一面れんげのくれなゐ色に染まるのである。

大口《おほくち》の真神《まかみ》の原に降る雪は
　いたくな降りそ家もあらなくに
　　舎人娘子《とねりのをとめ》〈巻八・一六三六〉

歌意・真神の原で降りだした雪は、そんなにひどく降ってくれるな。あたりには家もないのに。

舎人娘子の歌。大口の真神とは狼のことである。

先ほどの道に戻って、飛鳥坐神社の石階を登ると、中ほどに釈迢空《しゃくちょうくう》・折口信夫《おりくちしのぶ》博士の歌碑「ほすすきに夕ぐもひくき　明日香のや　わがふるさとは　灯をともしけり」がある。迢空は筆名であり、短歌・詩・小説とその創作は近代芸術の一端を開いた。折口学と通称されるその学問の方法は、国文学に民俗学を導入するなど、全く独自の学風を確立した。彼の祖父に当たる造酒之助《みきのすけ》は、当社飛鳥家の出身で大阪の折口家へ養子として入った。だから、迢空にとって、「わがふるさと」であった。

飛鳥坐神社は、淳和天皇の天長六年（八二九）に、ま向かいの甘樫丘より当地に遷《うつ》った。ここは鳥形山《とりかたやま》という地名で、鳥の羽を広げたような形をしている。――多武峯《とうのみね》の山霊をまともに受けている地だ。境内にある大小の陽石は「あれ石」と呼び、冬野川や飛鳥川から出たもので、神の物象《ものざね》の出現石《みあれいし》であった。

飛鳥坐神社歌碑（近畿迢空会建立）

大原《おほはら》のこの櫟葉《いちしば》の何時《いつ》しかと
　我が思へる妹に今宵逢へるかも
　　志貴皇子《しきのみこ》〈巻四・五一三〉

歌意・大原の里のこの櫟葉のように、いつそうなるか逢いたいと思った女に、今夜初めてうちとけたことだ。

神社の横の坂を上ると大原の里に出て鎌足の母、大伴夫人（智仙娘）の墓があり、鎌足誕生地には大原神社が建つ。

我が岡の龗《おかみ》に言ひて降らせたる
雪の砕《くだ》けしそこに散りけむ
藤原夫人《ふぢはらのぶじん》〈巻二・一〇四〉

歌意・あなたさまのところへ降ったのは、私の住む岡の雨龍に言って降らせた雪のかけらが、そこまで散っていったのでしょう。

これは藤原鎌足の娘・五百重娘《いおえいらつめ》（藤原夫人・大原の大刀自《おおとじ》）が天武天皇のお歌に答えた歌。天皇は「我が里に大雪降れり大原の古りにし里に降らまくは後」〈巻二・一〇三〉と歌い掛けた。〝私の住む里にはこんなに大雪が降った。お前の居る大原みたいなさびれた里に降るのは、だいぶ後のことだろう〟…と。

大織冠・藤原鎌足誕生地（小原）

大原は今、小原《おはら》という。多武峯の北の山麓の丘一帯を指す地名で、中臣氏の本拠地であった。「龗《おかみ》」は水の神で、中臣氏は水神を司る神職家であった。神聖なる泉のあるところが〝渕《ふち》〟であるから、この地が渕原（藤原）であった。鎌足の娘は、水の神様のことなら、私の方がよく知っていますよ、と答えているのである。当時の女性は、男の歌をいかに切り返すかを競った。女流歌の技術《テクニック》はここに芽生えて平安時代に完成する。

八釣山木立《やつりやまこだち》も見えず降り乱る
雪はだらなる朝《あした》楽しも
柿本人麻呂〈巻三・二六二〉

歌意・八釣山の木立も見えないほど、乱れて降る雪の朝は、愉快なものだ。

小原から車道を渡ってすぐ東の村が八釣で、顕宗《けんぞう》天皇の近飛鳥八釣宮の地に推定されている。天皇を祭神とする弘計《おけ》皇子神社は、八釣川の細い流れのほとりに、ひっそりと祭られている。この歌は柿本人麻呂が新田部《にいたべ》皇子に贈った長歌の反歌で、古代人の雪に寄せる思いとマジックが美しく詠まれた名歌であろう。ちなみに皇子の母は五百重娘で、この歌にも中臣の水の信仰が背景にちらついている。

八釣川水底《みなそこ》絶えず逝《ゆ》く水の
続《つ》ぎてぞ恋ふるこの年頃は
人麻呂集〈巻十二・二八六〇〉

歌意・八釣川の水がなくなって、水の底が見えてしまうということがないように、続けざまにこの幾年、恋焦がれていることだ。

この歌も人麻呂の歌集に収められていたもの。

古寺《ふるでら》のみち

酒船石《さかふねいし》……近年の発掘で、斉明天皇の水の祭りの施設の一部と考えられるようになった……のある丘を下ってから、「大化改新」の入鹿暗殺の舞台となった飛鳥板蓋宮伝承地に立つ。香具山の形姿《すがた》がもっとも美しく見渡せる場所だ。明日香村の中心地をぬけて、岡の集落にある石鳥居から五〇〇mほど登ると岡寺（竜蓋寺《りゅうがいじ》）に到る。境内の式内社・治田《はるた》神社付近からは白鳳瓦が出土している。

厩戸《うまやど》皇子と呼ばれた聖徳太子は、橘寺で生まれた。古くは花橘がたくさん植えられ、香り高い寺であったと伝える。東門は中ッ道に面し、西門は真西に向って、夕陽の輝きをまともに受けるのだ。太子の理想とした浄土を、この門から拝んだ人々のおもかげが顕《た》つ。――境内の五重塔跡心礎の花弁のような形相はあでやかであるが、ほのかな思想のかげりが見られる。それは〝世間虚仮《せけんこけ》〟と呟いた太子の情念そのものであろうか。

橘の寺の長屋にわが率寝《ゐね》し
童女放髪《うなゐはなり》は髪あげつらむか
作者不詳〈巻十六・三八二二〉

歌意・橘寺の長屋で、わたしがいっしょに寝た子は、あの垂れ髪をもう上げ結いするほど娘らしくなったであろうか。

寺には私房があったから、こういう歌も生まれたのであろう。この頽廃《たいはい》ぶりが現実か、あるいは祝宴のときの余興に謡われたのか…。

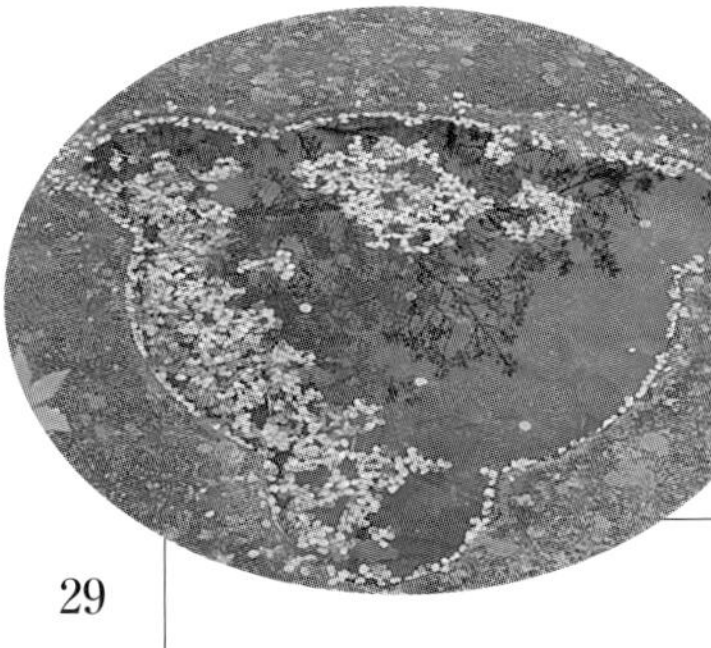
橘寺塔心礎

世の中の繁《しげ》き仮廬《かりいほ》に住み住みて
至らむ国のたづき知らずも
作者不詳〈巻十六・三八五〇〉

歌意・人間世界という、むさくるしい仮り小屋の中に住んで、行こうと思っているあの世のめどもつかないことだ。

川原寺の白瑪瑙《めのう》（大理石）が、この寺の存在の思想を現している。斉明天皇川原宮跡と伝えるが、もとは帰化人・川原氏の氏寺だった。『萬葉集』には仏教のことを直接歌ったものは極わずかだが、右の歌は川原寺の仏堂に納められていた倭琴の面に墨書されていたもの。

北山《きたやま》に棚引《たなび》く雲の青雲《あをくも》の
星離《さか》りゆき月も離りて
持統《ぢとう》天皇〈巻二・一六一〉

歌意・北山に雲がたなびいて、そのために、星も散り散りに、月も遠く見えなくなった。

天武天皇は朱鳥《あかみとり》元年（六八六）に亡くなられた。これはその時の皇后（のちの持統天皇）が詠まれた歌であった。

両天皇は、野口の檜前大内陵《ひのくまおおうちのみささぎ》に合葬されており、南向きに長い石段の参道があって、小高い丘の上のこんもりした森は、まわりの風景にぬきん出ている。北山は今の甘樫丘（古い飛鳥神奈備）を指す。

檜前《ひのくま》、軽《かる》の里

近鉄・飛鳥駅の北東三〇〇ｍのところに欽明天皇の檜隈坂合陵《ひのくまのさかあいのみささぎ》がある。天皇の時代に仏教が公伝し、その都、磯城島金刺宮《しきしまのかなさしのみや》（現・桜井市）は国際都市として繁栄を見た。

陵は同妃・堅塩媛《きたしひめ》（蘇我稲目の娘）と合葬されており、『書紀』によれば馬子は小石をもって陵上を葺き、巨大な柱をその上に立てさせた。柱は神迎えのための神木で、古代の古墳祭祀の姿がうかがえよう。

——陵前に吉備姫王《きびつひめのおおきみ》檜隅墓がある。姫王は皇極天皇の生母で、墓内に"掘出しの山王権現《さんのうごんげん》"と呼ばれる有名な石造物の猿石が

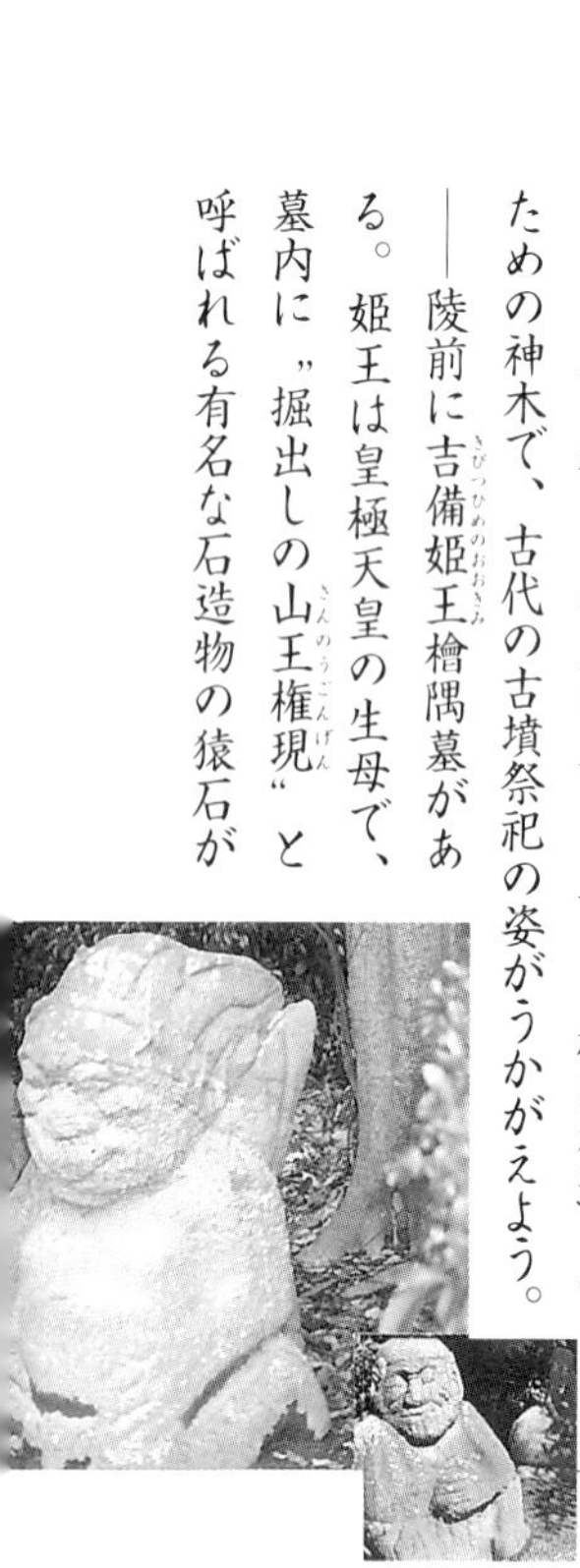

猿石

丸山古墳の墳丘から、軽の集落を見る。右は畝傍山。

安置されている。四つの石像は古拙なほほえみをたたえながら、二千年に近い年月を存在しつづけているのだった。古代の石神信仰を思う――。

檜前は広大な土地で、付近の御陵も多くひのくまを冠している。今の橿原市見瀬町にあった軽《かる》の村もその一部であり、大勢の渡来人たちが居住していた。

さひのくま檜隅川に駒とめて
　馬に水飼へ吾よそに見む

作者不詳〈巻十二・三〇九七〉

歌意・檜隅川に馬を留めて、しばらくは馬に水を飲ませてあげなさい。私はかげの方からあなたを見ていましょう。

檜前の集落には、式内社の於美阿志《おみあし》神社があり、帰化人の阿知使主《あちのおみ》を祭る。檜隅寺も同境内に建っており、十三重石塔は平安時代の造立である。――檜隅川は今はささやかな流れとなったが、名所〝檜隅振り〟の歌枕としてむかしは知られた。『古今集』巻二十には「ささのくま檜隅川に駒止めてしばし水飼へ影をだに見む」が収められている。

近鉄・岡寺駅の東に見瀬丸山古墳がある。

軽の池の浦曲《うらわ》もとほる鴨すらに
　玉藻《たまも》の上に独り寝なくに

紀皇女《きのひめみこ》〈巻三・三九〇〉

歌意・軽の池の入り込みを泳ぎまわるあの鴨をごらんなさい。鴨ですら藻の上で妻といっしょに寝て、独りでは寝ません。だのに、私はどうしたことでしょう。

今の橿原市大軽町には、軽の池があった。古墳の東北にある大軽池が古代の軽の池の跡であろうか。南北には道幅四五・五mという軽の大路が通り、繁華をきわめた軽の市があった。柿本人麻呂はここで亡くした妻をしのび、長歌「あまとぶや軽の道は…」〈巻二・二〇七〉と詠《よ》み、またその反歌二首を残している。その一首、

紅葉《もみぢば》の散りゆくなべにたまづさの
　使を見れば逢ひし日思ほゆ

柿本人麻呂〈巻二・二〇九〉

歌意・もみぢの散ってゆくのは、ただでさえ悲しい。その上死んだ知らせの使いを見ると、会いに行った日が思い出される。

ともに人麻呂の挽歌《ばんか》として、古今、知られる名歌であった。

飛鳥川源流へ――

石舞台から飛鳥川上の栢森《かやのもり》にある延喜式内社の加《か》夜奈留美命《やなるみのみこと》神社までは、約四㎞の道のりである。ここから川をさかのぼって飛鳥めぐりをする人はまれであろうが、飛鳥神奈備《あすかかむなび》といわれる故地をこの清らかな川に沿って、旅する人のこころはゆかしいものである。自転車を使えば、そう大変な道のりではない。

石舞台古墳の堂々たる石塊は、飛鳥を象徴する巨石文化の代表である。すぐ西に島宮があった。蘇我馬子の邸内の庭に池島があり、よって彼は「島大臣」と呼ばれたという。蘇我氏宗家滅亡ののちは、皇族の住居となり、天武天皇はこれを離宮とした。島宮は皇太子の草壁皇子に伝えられたのである。――持統天皇四年（六八九）皇子が夭折した時、身近に使えた舎人《とねり》や柿本人麻呂の悲しみの挽歌が多く残されている。

飛鳥川上流

ひさかたの天《あめ》見るごとく仰ぎ見し
皇子《みこ》の御門《みかど》の荒れまく惜しも
柿本人麻呂〈巻二・一六八〉

歌意・ご在世の時は、天を見るように尊み、ふり仰いで見た皇子の御所の、荒れてゆくのが残り惜しいことだ。

島の宮上の池なる放ち鳥
荒びな行きそ君まさずとも
皇子の舎人《とねり》〈巻二・一七二〉

歌意・島の宮の上方にある池に放った水鳥よ、たとえ皇子はおいでにならなくとも、そこでおってくれ。

当時の人々が池に水鳥の鴨などを放ったのは、単なる愛玩のためではなく、鳥に人の魂を籠《こ》めておく信仰があったからだ。

飛鳥田（朝風）

石舞台を過ぎると、冬野川（細川）と飛鳥川が合流する。ここは祝戸《いわいど》で、古代は神をまつる祝部《はふりべ》が住む村があった。

今日もかも飛鳥の川の夕さらず
河蝦《かはづ》鳴く瀬の清《さや》けかるらむ
上古麻呂《かみのふるまろ》〈巻三・三五六〉

歌意・今日あたりは、毎晩河鹿《かじか》の鳴く、あの飛鳥川の川の瀬の景色が、さっぱりして好いことであろうよ。

深夜、静かに鳴る水音を聞く時、古代人は魂を鎮める祭りの場面を直感したのである。このような内容の歌が、『萬葉集』には類形としていくつか伝わっている。山部赤人はその信仰の歌を文学として高めたのだ。次の吉野での歌は、赤人の代表作である。

ぬば玉の夜の更《ふ》け行けば楸《ひさぎ》生ふる
清き川原に千鳥頻《しば》鳴く
山部赤人《やまべのあかひと》〈巻六・九二五〉

歌意・夜がだんだん更けて行くと、楸の生えている清らかな川原に、千鳥がひっきりなしに鳴くことだ。

川沿いに道を行くと急に視野がひらけ、青々とした棚田が広がっている。飛鳥田だ。ここは朝風という何とも清々しい地名である。

飛鳥川の神所橋に掛け渡されたワラの綱が有名な勧請《かんじょ》ナワで、ここ稲渕《いなぶち》では男性の陽物を中央に付け、栢森では女性の陰物を付ける。陰陽のものは飛鳥川の源流、畑谷川の男渕・女渕に住む龍神のシンボルであるといい、ナワは下流からくる悪霊をふせぐとともに、上流から神がもたらす幸福を、逃さないという信仰があるという。――

式内社の飛鳥川上坐宇須多岐比売命《うすたきひめ》という長い社号をもつ女神を祭った神社は、川のほとりの道から一気に一九〇段登った山の上に坐す。本殿と思われるのは実は拝殿で、神体はその背後の山である。扉を付けたためずらしい木の鳥居が神体山に向かっている。この一帯の山が萬葉に歌われた南淵山（▲三五六m）だった。

宇須多岐比売神社と南淵山

御饌《みけ》向《むか》ふ南淵《みなぶち》山の巌《いはほ》には
降りし斑雪《はだれ》か消え残りたる
人麻呂歌集〈巻九・一七〇九〉

歌意・あなたのおられる南淵山の岩の上には、先に降った斑の雪が、まだ消えずに残っていることですか。

弓削《ゆげ》皇子に奉った歌。岩は神の供えものの台であった。これも神事の匂いがするが、宴会で謡われたものであろう。

稲淵の村中の道ぞいに、「南淵先生之墓」と刻す古びた石標が立つ。少し登った丘上に石鳥居と祠があり、神明塚とも呼ばれている。南淵請安《みなぶちのしょうあん》は小野妹子に従って入唐、在三十二年。帰朝してからは当地に住んだ。飛鳥時代を代表する大学者であった。『書紀』によれば、中大兄皇子と中臣（藤原）鎌足は、請安に周孔の教え（儒教）を学んだ。その通学の往復の路上で、肩を並べて密かに蘇我氏倒伐の計略をねったという。

柏森の勧請ナワと福石

皇極天皇元年（六四二）夏、都は旱《ひでり》が続き人々の苦しみは極まった。そこで女帝は自ずから、南淵の川上に行幸して、跪《ひざまず》いて四方を拝んだ。すると雷鳴って、大雨が降った。女傑のイメージの強い女帝も、本来は高級巫女の力をかねていた。

この南淵の川上は、栢森の勧請ナワのある付近と想定してよいだろう。当所のナワは福石と呼ばれている岩を目じるしに掛け渡されており、現在もこの岩にお供えをする。岩は古代の手振りのままに神饌《しんせん》を供える「御饌向かふ」台であった。

神明塚（南淵請安墓）

飛鳥神奈備の故地、栢森の式内社・加夜奈留美命《かやなるみのみこと》神社は、集落の中にあって、瀬の音が高く聞こえて来る。この女神は天皇の守護神として、当地に祭られた(「出雲国造神賀詞《いずものくにのみやつこのかむよごと》」)。ここより奥の峰が入《にう》(丹生)谷《だた》の大丹穂山《おおにほ》で、「天野告門《あまののりと》」によれば丹生津姫《にうつひめ》の巡幸があった地。姫は当地に神聖な霊杖を刺し立て、稲作を伝えた。そこが丹生という地名になったのである。山上には式内社の大《おお》仁保《にほ》神社があり、古く鉾削寺《ほこぬき》が造られた。鉾の呪具《じゅぐ》によって雷神を圧えたのだ。——飛鳥源流の地はそれぞれの女神によって開かれたのである。

栢森を右へぬけた道が、芋峠である。大海人皇子も「壬申の乱」の前夜、僧の姿となって吉野へ落ちた古道だ。吉野は萬葉びとにとって、異郷だった。信仰上は疱瘡《いも》(天然痘)神を送り出す峠の意だろう。ここは飛鳥と吉野のあいだ、象《きさ》の中山である。

加夜奈留美命神社

大和には鳴きてか行《く》らむ呼児鳥《よぶこどり》
象《きさ》の中山《なかやま》呼びぞ越ゆなる
高市黒人《たけちのくろひと》〈巻一・七十〉

歌意・呼児鳥が象の中山を鳴きながら越えてゆくことだ。あれはたぶん、家のある大和の地を今ごろ鳴いて行っているのだろう。

栢森から飛鳥川の本流、畑谷川を約一㎞さかのぼると、女渕《めぶち》と呼ばれる滝が、さらに上流には男渕《をぶち》がある。地元の民譚では、この渕が竜宮に通じているという。川は天上他界への道すじであった。その道はまた、神が天上から天降って来る懸け橋でもあった。畑谷川上流には多武峯や竜在峠がある。その山が天上界の入口だった。

飛鳥川源流

孝元天皇陵

剣池の南の丘上にある前方後円墳で、後円部に本陵と二つの陪塚《ばいちょう》がある。円墳から前方後円墳への過渡期のものである。剣池島上陵《つるぎのいけのしまのかみのみささぎ》と称す。

見瀬《みせ》丸山古墳

古墳時代後期の様式を示す全長三一〇mの前方後円墳で、後円部上段は御陵墓参考地である。国道は前方部を切断し、周濠は埋没された。しかし、石室の大きさは日本最大のもので、二つの家形石棺がある。

甘《あま》樫《かしの》丘《おか》

この丘（▲一四八m）に登れば、神武朝から元明朝まで一三七〇年間の興亡の歴史が一望のもとに見渡される。飛鳥・藤原の宮跡、陵墓、社寺、大和三山、遠く二上山や葛城・金剛山を遠望する古い飛鳥神奈備の丘。

豊《と》浦《ゆら》寺（向原寺《こうげん》）

欽明天皇十三年（五五二）蘇我稲目は「向原《むくはら》の家を寺とす」とあり、推古天皇は豊浦宮に即位し、馬子は宮跡に豊浦寺を建てたという。それが現在の向原寺である。「推古天皇豊浦宮趾」碑が寺の南にある。

飛鳥《あすか》坐《にいます》神社

飛鳥三日比売命《あすかみかひめのみこと》他三座を祭神とし、祝詞式の「出雲国造神賀詞《いずものくにのみやつこのかむよごと》」にも出ている式内大社で、飛鳥神奈備《かむなび》の地である。

奥山久米《くめ》寺

橿原市久米町にある久米寺の前身寺院という。鎌倉時代作の十三重石塔が塔心礎の上に立ち、その周囲に塔礎が並んでいる。本堂の位置に金堂、その北に講堂があるなど、四天王寺式伽藍配置が考えられている。

飛鳥寺（安居院《あんご》）

蘇我馬子は推古天皇四年（五九六）に法興寺を造立し、天皇は鞍作鳥《くらつくりのとり》に命じ十四年に釈迦如来坐像を造った。通称・飛鳥大仏という。当時の庭で行われたけまり会の時、中大兄皇子と中臣鎌足が初めて出会ったことで有名。

伝・飛鳥《あすか》板蓋宮《いたぶきのみや》跡

皇極天皇二年（六四三）、天皇はこの新宮を造宮されたと『書紀』に記す。孝徳天皇・斉明天皇が即位された板蓋宮は、昭和三十五年以来発掘され、現在は公園化されている大井戸跡付近だといわれる。蘇我入鹿倒伐の舞台となった。

酒船石

飛鳥時代と推定される石造物で櫟林《くぬぎ》の丘上にあり、神酒を造るためか製油器か、用途不明であるが、近年、水の祭りの施設の一部との説が有力。

岡寺

西国第七番札所で、龍蓋寺《りゅうがいじ》ともいわれ、義淵僧正《ぎえんそうじょう》の開創と伝えられる。本尊如意輪観世音菩薩像は、高さ四・八mの塑像《そぞう》で、空海が三国の練土《ねりつち》で作ったといわれ、慶長十七年（一六一二）建立の仁王門とともに〈重要文化財〉。

川《か》原《わら》寺

史跡公園となっており、中金堂（現在の本堂）前に塔と西金堂が向かい合った伽藍《がらん》配置（一堂一塔形式）である。中金堂には碼瑙《めのう》石の礎石が二十数個残存しており、川原寺創建以前の遺構及び遺物の発見により、飛鳥川原宮跡が確認された。

橘寺

聖徳太子の創建と伝えられ、昭和二十八年以来四次の発掘調査の結果、東向きの四天王寺式伽藍配置で東門は中ッ道に面して開かれていた。太子殿の本尊勝鬘経講讃《しょうまんきょうこうさん》太子像・地蔵菩薩立像と観音堂の本尊如意輪観音坐像・木造太鼓縁と本坊の橘形石灯籠等の〈重要文化財〉の他に、二面石・塔心礎（円穴の三方に添木根をうける半円形の穴がある）がある。

亀石

高さ二m。飛鳥の王陵の黄泉《よみ》と現世の「結界石」という説がある。

菖《しょう》蒲《ぶ》池《いけ》古墳

羨道は破壊されていて、現存の玄室に二個の寄棟造りの家形石棺が南北に縦に安置されている〈国史跡〉。

鬼の俎《まないた》・雪《せっ》隠《ちん》

昔は俎の上に雪隠が覆っていたもので、いつ転げ落ちたか記録はない。欽明天皇陵陪塚《ばいちょう》とする。

天武天皇・持統天皇陵

円墳で内部は石門・外陣・内陣に分かれ、「阿《あ》不《お》幾《き》乃山陵記」によれば御棺の中には副葬品もあったという。檜隈大内陵《ひのくまおおうちのみささぎ》と称す。

欽明天皇陵

近鉄・飛鳥駅の北東二〇〇mにある。欽明天皇・同妃堅塩媛《きたしひめ》合葬の前方後円墳で、全長約一三八m。砂礫《されき》を墳上に葺《ふ》いて装飾され周濠もあった。檜隈坂合陵《ひのくまのさかあいのみささぎ》と称す。

吉備姫王《きびつひめのおおきみ》桧隈墓

皇極天皇・孝徳天皇の御母である。吉備姫王病床の間、皇極女帝は側を離れず看病されたという。

猿石

墓内に猿石四体がある。江戸時代に南方の田の中から掘り出したもので、「山王権現」と呼ばれている。

岩屋山古墳

下方上八角墳かといわれ、一辺約四〇mあり、研磨した花崗岩《かこうがん》質片磨岩《へんまがん》を使い構造が精巧である。玄室の側壁・奥壁は上部が内側に傾斜をつけ堅牢にしてある。羨道《せんどう》の入口の天井石に一直線の溝があり、石の扉などの密閉装置があったと思われる〈国史跡〉。

桧《ひの》隈《くま》寺跡

阿知使主《あちのおみ》とその子、都加使主《つかのおみ》が党類十七県の人々を連れて来朝したので、応神天皇はこの桧前(隈)に住まわせた。そして彼らはそこに倭漢《やまとあや》氏の氏寺、桧隈寺を建てた。また日本風にならい祖神の阿知使主を祭ったのが於美阿志《おみあし》神社である。

十三重石塔

平安初期のものといわれる〈重要文化財〉。土台石下約一・四mに旧塔の心礎があり、青磁製香《こう》盒《ごう》の中に緑瑠璃《るり》の舎利《しゃり》壺が納められてあった。

文武天皇陵

文武天皇は「大宝律令」を実施した。慶雲四年(七〇七)崩御、桧隈安古山陵《ひのくまのあこやまのみささぎ》に葬られたとあるのが本陵である。

定《じょう》林《りん》寺《じ》跡

聖徳太子建立と伝え、塔跡・講堂跡・廻廊跡の土壇が残存し、塔跡には礎石が数箇残っている。

高松塚古墳

径二五mの円墳で、昭和四十七年三月二日から発掘調査に着手し、壁画発見は三月二十一日。〈国特別史跡〉に指定された。壁画保存のための施設があり、壁画は〈国宝〉。

マルコ山古墳

〈国史跡〉。径二四mで、六花形棺飾金具が出土した。天武天皇の某皇子の墓とする。

中尾山古墳

土でたたき固めた版築工法の墳丘は径約二十mの八角形古墳で、中央に石槨《せきかく》がある。

石舞台古墳

巨大な角閃《かくせん》花崗岩塊《かこうがんかい》を使用し、石室は約一九・一mの規模を持つ。玄室は長約七・六m幅三・五mで、その天井石は南方入口の上のもの七七トン、北方のもの六四トンあり露出しているが、築造時は円土で覆っていたという〈国特別史跡〉。

竜福寺

わが国石造塔婆《とうば》中、在銘年代の最も古いものはこの石塔である。天平勝宝三年（七五一）朝風の地で南淵請安《みなぶちのしょうあん》の墓碑として建造し、竹野王の撰文を銘刻したもので後世、本寺へ移転したと伝える。

南淵《みなぶち》先生の墓

神明塚という高台にある。小社の後に小さな墓碑があり、『大和志』の著者で、並河永《えい》の建立という。

飛鳥川上坐《にいます》宇須多岐比売命《うすたきひめのみこと》神社

一九〇段の石段を登ると社頭に着き、南淵山を神体とする。宇須多岐比売命は飛鳥の源流をなす女神である。

加夜奈留美命《かやなるみのみこと》神社

栢森《かやのもり》にあり、祭神は「出雲国造神賀詞《いずものくにのみやつこのかむよごと》」（祝詞式）に載っている。古い飛鳥神奈備の地で、祭神は下照姫《したてるひめ》。

大《おお》仁《に》保《ほ》神社

栢森の奥、入谷《にうだに》の大丹穂山にある式内社。丹生津姫《にうつひめ》は「天野告門《あまののりと》」に現れる美神で、当地へ来て神聖な杖を刺し稲作を教えた。蘇我大臣が当地に桙削寺《ほこぬきでら》を造ったことが『書紀』に記されている。

橿原神宮と久米舞

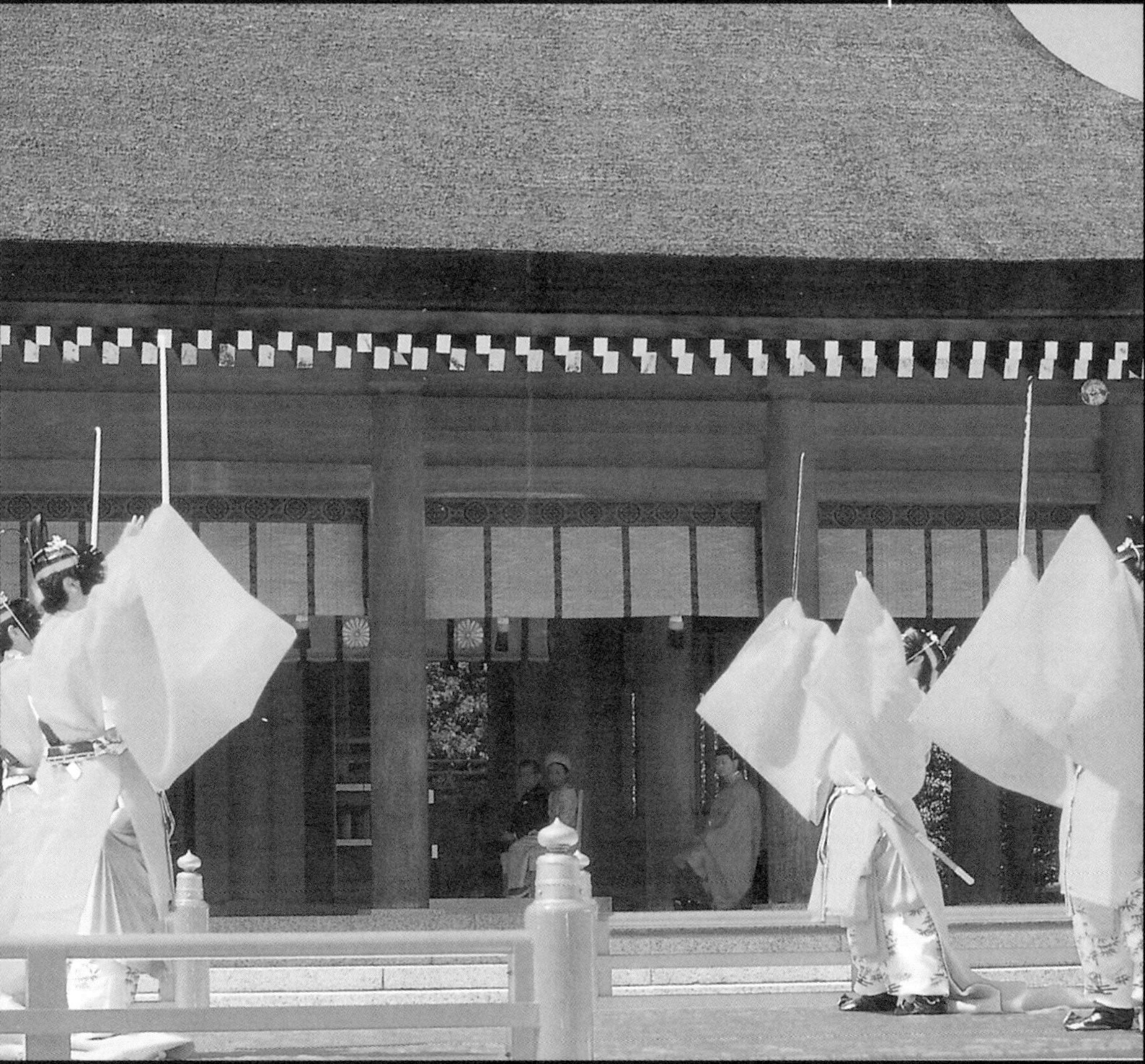

三、大和三山の道

3. 大和三山の道

春日神社
樋口神社
耳成山
耳成山口神社
古池
耳成
大福
国分寺
香久山
和歌山線
延命院
165
畝傍
小房観音
醍醐池
畝尾坐健土安神社
畝尾都多本神社
御厨子神社
藤原宮跡
古池
米川
天香久山神社
鷺栖神社
国道69号
天の香久山
八幡神社
天岩戸神社
法然寺
日向寺
本薬師寺跡
小房観音
大官大寺跡
奥山久米寺
飛鳥資料館
N
剣池
和田池
飛鳥川

近鉄大阪線
真菅
橿原バイパス
近鉄橿原線
近鉄大阪線
大和八木
大日堂
金橋
八木西口
今西邸
順明寺
称念寺
高市御県神社
今井町
綏靖天皇陵
165
至南阪奈道路
神武天皇陵
木葉神社
河俣神社
慈明寺
大久保神社
橿原公苑
畝火山口神社
畝傍御陵前
坊城
安寧天皇陵
畝傍山
安寧天皇神社
東大谷日女命神社
懿徳天皇陵
近鉄南大阪線
橿原神宮
橿原神宮西口
文華殿
深田池
久米寺
曽我川
久米御県神社
久米町
橿原神宮前

三、大和三山の道

畝傍《うねび》山のほとり

大和三山は古代より、大和にくらす人々の心のよりどころであり、日本人のふるさとの山である。四季それぞれ、見る場所によって姿を変える三山の美しさは、何の理由《ことわり》もなくほのぼのと美《うる》わしい。——

香具《かぐ》山と耳梨《みみなし》山と争《あ》ひし時
立ちて見に来《こ》し印南国原《いなみくにはら》
中大兄皇子《なかのおほえのみこ》〈巻一・十四〉

歌意・香具山と耳梨山とが、夫争いに対抗していた頃、それをわけるために出雲から阿菩《あぼ》の大神が出てこられたという、印南の平原がここである。

わたつみの豊旗雲《とよはたぐも》に入日《いりひ》さし
今宵の月夜《つくよ》明《あき》らけくこそ
同〈巻一・十五〉

歌意・海上に大きな雲が拡がっている。その雲に入日がさしてよい天気になって、今宵の月の明らかであってほしい。

天智天皇が中大兄と呼ばれた皇太子の時代の作。長歌《ちょうか》の反歌《はんか》（乱《おさ》め歌）二首で、長歌は「香具山は畝傍を男々《をを》しと　耳梨と相争《あひあら》そひき　神代《かみよ》よりかくなるらし　古《いにしへ》も然《しか》もなれこそ　うつしみも　妻を争ふらしき」〈巻一・十三〉である。

「藤原宮の御井《みい》の歌」〈巻一・五二〉では、香具山には青《あを》を冠し、畝傍山は瑞山《みづやま》と讃えられ、耳梨山は青菅山《あおすがやま》と美称されている。三山には青い瑞々しい聖なる水のイメージが詠《よ》み込まれているのである。

——三山のどれが男か女かという旧来の諸説は、あまり意味がないように思われる。もしその形からいうなら畝傍山が男で他の二山が女であろうか…。三山ともに水の女神の威霊感をもっているように思われる。

中大兄皇子の歌は、直接三山を眼前にして歌ったものではなく、神話伝承の世界を物語り風に詠んだものだ。播州、今の兵庫県加古川下流の平野部が印南野で、その地に行幸されたときの作であろう。出雲の国の阿菩《あぼ》の大神が三山の争いを止めたという当地の神話（『播磨国風土記』）をもとに作歌されたのである。ややうちとけた作風からすれば、これは祝宴の場に謡《うた》われたものかもしれない。――ただ「わたつみの…」はその時、実際に見た叙景の歌であろう。雄大な自然の時の移ろいを直叙した歌には王者の風格があり、古今知られる名歌だ。――

近鉄の橿原神宮駅を下りると、常緑樹におおわれた畝傍山が常々たる姿で立っている。手前の大きな杜《もり》は、神武天皇を祭る橿原神宮の神苑である。「玉だすき　畝傍の山の　橿原の　ひじりの御代《みよ》ゆ　生《あ》れましし　神のことごと…」〈巻一・二九〉と柿本人麻呂も、神武天皇の代からの歴代の天皇の神徳を讃《ほ》め称えているように、天皇は畝傍山の東南の橿原の地を開いて都を造営した。そこは白橿の群生する原生林だった。

橿原神宮全景

橿原神宮の南に隣接して久米寺がある。聖徳太子の弟・来目《くめ》皇子の建立と伝えるが、古く当地は宮城門を守護するみ垣守り、久米氏の居住地であり、大伴氏はもと久米氏と同族だった。くめは"垣《くべ》"の意。また"米"の意ともいう。久米氏は平時は農耕に従事していたのだ。米作にちなむ久米の地名は、全国にある。

思ひかね甚《いた》もすべなみ玉だすき
畝火《うねび》の山に我は標《しめ》結ふ
作者不詳〈巻七・一三三五〉

歌意・恋しさに堪えかねて、畝傍の神の山に標を結ぶような恐ろしい人の妻に、私は恋してしまったことだ。

式内大社の畝火山口《うねびやまぐち》神社は山の西麓にあり、大和六所山口の神の一つだった。右の歌のように注連縄《しめ》を張って神域を示した神祭りのおもかげをうかがうことが出来る。

雲梯《うなて》の杜《もり》

近鉄南大阪線の坊城《ぼうじょう》駅を下車して東へ、二〇〇mほ

曽我川と雲梯の杜、遠く畝傍山

ど行くと曽我《そが》川がある。近年は環境が激変してしまったが、その川べりの桜並木に沿って北に向かい、ゆっくりと散策するのは風情がある。畝傍山は長く尾根を裾引き、先ほどとはちがった、のどかな姿を見せてくれる。二上山は真西にあって、ここから眺める落日はすばらしい。

真菅《ますげ》よし宗我《そが》の川原に鳴く千鳥《ちどり》
　間《ま》なし我が夫子《せこ》我が恋ふらくは

作者不詳〈巻十二・三〇八七〉

歌意・あの宗我の川原に鳴いている千鳥ではないが、私の恋焦れている心は、すこしも休む間もない。あなたよ。

私はこの川で、大きな青鷺が小魚を漁っている光景を見て、なぜか神秘感にうたれたことがあった。——川に生える菅《すげ》は、神事の祓《はら》えの道具として使われ、また笠・畳・枕にも編まれた。その清々しいところから、女性を象徴したようである。

行く手、川の両側に、いかにも古い神奈備の森相を残す常緑樹がまばらに立っている。それが雲梯《うなて》の杜である。

真鳥《まとり》住む卯名手《うなて》の神社《もり》の菅の根を
　衣《きぬ》にかきつけ着《き》せむ子もがも

作者不詳〈巻七・一三四四〉

歌意・雲梯の杜に生える菅の根の実を、着物にすりつけて着せてくれるような恋人がほしい。

現在、河俣《かわまた》神社と称しているのが、式内社の高市《たけちの》御県坐鴨事代主《みあがたにいますかもことしろぬし》神社とされている。『萬葉集』の原文では、もりの訓に神社の文字を当てている。神奈備の杜がそのまま神社だったのが古い神道の信仰の姿である。——まとりは鷲や鷹のことであるから、萬葉の時代は広大な杜だったのであろう。今、そのおもかげをたどるのは難しいが、川向かいの木葉《このは》神社(旧・富士権現)の小さな杜に入ってみると、数個の磐座《いわくら》と認められるものがあって、そのわづかな神域にも古

河俣神社(高市御県坐鴨事代主神社)

本薬師寺跡塔心礎と畝傍山

代の息づきを感じることが出来た。

雲梯《うなて》の杜は「出雲国造神賀詞《いずものくにのみやつこのかむよごと》」（祝詞式）によれば、皇孫《すめみま》の守り神として、出雲系の神々を大和の四ケ所の神奈備に祭ったというその一つで「事代主命の御魂を宇奈提《うなて》に坐せ…」と記され、重要な社であった。

天《あめ》の香具《かぐ》山

近鉄・畝傍御陵駅を東に出てまっすぐ五〇〇ｍほど歩くと、本薬師寺跡である。天武天皇が皇后（のちの持統天皇）の病気平癒祈願のために発願した寺で、奈良への都移りのときに西京へ移され、現在の薬師寺となった。巨大な礎石群と土壇は当時の壮大さを思わせる。

萱草《わすれぐさ》我が紐《ひも》につく香具山の
古りにし里を忘れぬがため
大伴旅人《おおとものたびと》〈巻三・三三四〉

香具山中腹の「大和には…」の歌碑から、右・耳無山、左・二上山

歌意・昔住んでいた香具山の辺の故郷を忘れることが出来ないので、わすれ草を着物に付けて、忘れようとしている。

大伴旅人は遠く筑紫の太宰府に赴任していた。この歌は望郷歌であった。このあとに有名な酒を讃えた歌十三首の連作が続く。——

天の香具山は遠望すれば、三山のなかではいちばん姿の大人しい山であるが、真近く仰ぐとやはり神山としての異様を静かにたたえている。かぐは赫《かが》の意で、かがやく、かぐわしい神山であった。

大和《やまと》には　群山《むらやま》あれど
とりよろふ　天《あめ》の香具山
登り立ち　国見《くにみ》をすれば
国原《くにはら》は　煙《けぶり》立ち立つ
海原《うなはら》は　鷗《かまめ》立ち立つ
美《うま》し国ぞ　蜻蛉島《あきつしま》
大和の国は
舒明《じょめい》天皇〈巻一・二〉

歌意・大和の国には、たくさんの山はあるが、そのなかで天の香具山、その山に登り込んで、わが国を見ると、人の住む平野には霞《かすみ》が立ちこめている。また海のような埴安《はにやす》の池では鷗が群をなして飛び交っている。立派な国だよ。わたしが治めるあきつしまという大和の国は。

岡本宮におられた舒明天皇が、香具山に登って国見（国土讃美《くにぼめ》）をされた時のお歌で、これは農事の予祝儀礼であった。――「とりよろふ」は完全に具備しているという意味で、よるには神霊の憑《よ》り付く意もある。大和三山の中で、香具山のみが独立の山ではなく、多武峯《とうのみね》の山続きの端《は》山《やま》である。香具山で行われた重要な国家の祭祀《さいし》のことは、『記紀』によってうかがうことが出来るが、ここでは里宮の香具山に対し、山宮の多武峯の信仰の重要性を考えておかねばならない。

『伊予国風土記』〈逸文〉によれば、天上より香具山が天降《あまくだ》った時、二つに分かれて、大和に落ち、その片端は伊予に落ちて天山となったという。また、「天降《あも》りつく天の香具山…」〈巻三・二五七〉という歌からも、同一の伝承が存在したことを物語っていよう。これは初春や、また臨時に多武峯の頂《いただき》に天降った威霊が、尾根を巡幸して端山の岬、香具山に到るという神の信仰があったからである。このような垂直降下の壮大なコスモロージーは、天孫降臨の天降《あまくだ》り神話となっていくつかの類型を生み、全国各地に留められている。たとえば「天飛《あまだ》む」という歌言葉は、古代人にとって、すなわち多武《たむ》を連想するほど、その鳥に託された飛行感覚は、古代幻想としてくらしのなかに記憶されていた。

天の香具山、左下（右から多武峯の続きの丘がつらなっている）。甘樫丘より

「煙」は霧や霞のこと。「海原」は香具山の北西にあった埴安《はにやす》の池のこと。「鷗」はユリカモメのことである。「蜻蛉島」は、大和に掛かる呪詞で、神武天皇の「掖上《わきがみ》の嗛間丘《ほほまのおか》」の伝承に初出するが、本来はもっと古いものであろう。あきつは豊穣の物象であるとんぼのことである。――右の歌は、天皇が国見によって山霊、地霊、水霊を讃《ほ》めたお歌であった。

古《いにしへ》のことは知らぬを我見ても
久しくなりぬ天の香具山

作者不詳〈巻七・一〇九六〉

歌意・私たちはこの長い歴史の時間に対して、何の知識も持っていないといってよい。私が見初めてからもずいぶん長くなったものだ、あの天の香具山は。

古代の人々は自分たちの村々の歴史を、語《かた》り部《べ》のかたる叙事詩によって知らされた。しかしそれは一部分のことであって、天地は無限の存在である。——萬葉びとも香具山を見てこう思ったのだろう。私たちは古代文化に憧れをいだくが、古代人たちももっと太古のむかしに憧れていたのである。大和の空を眺めていると心ははるかな悠久《ゆうきゅう》に向かって解き放たれてゆく。——

久方《ひさかた》の天の香具山このゆふべ
霞たなびく春立つらしも

柿本人麻呂《かきのもとのひとまろ》〈巻十・一八一二〉

歌意・向こうに見える天の香具山よ。今夕見渡すと山には霞が長くかかって、どうやら春が来たらしい。

「ひさかた」は、天にかかる枕詞だが、一つの解釈として、古代人は天上宇宙のかたちを瓢形《ひさがた》（ひょうたん）と考えていたのではないか。前方後円墳のひさがたはここからきたのではないか。…これは考古学上の説ではなく、文学としての発想である。鎌倉時代の後鳥羽天皇はこの歌を本歌《ほんか》（もとうた）に取って、『新古今集』を代表する名歌をよまれた。「ほのぼのと春こそ空に来にけらし天の香具山霞たなびく」——

香具山に雲居《くもゐ》たな引きおぼほしく
あひ見し子らを後恋ひむかも

人麻呂歌集〈巻十一・二四四九〉

歌意・香具山に雲が長くかかっているように、漠然と何となく出逢った人なのに、いつまでも恋焦がれていることだ。

山の南麓の村中にある天岩戸《あめのいわと》神社は、式内社の坂《さか》門《と》神社とされている。神体はなく、黒々とした岩（磐座《いわくら》）が竹群のなかで、ばっくりと口をあけている姿は、まことに恐《おのの》きであった。

埴安《はにやす》の池の堤《つつみ》の隠沼《こもりぬ》の
行方《ゆくへ》を知らに舎人《とねり》は惑《まど》ふ

柿本人麻呂〈巻二・二〇一〉

歌意・埴安の池の堤にある隠れた沼ではないが、御所を出て、どちらへ別れて行ってよいかわからないで、舎人たちはとまどっている。

埴安の池は香具山の西北に広がっていた沼沢で、神秘的な実体のはっきりしない隠り沼であったらしい。それが「…行方を知らに」の長い序詞となっている。これは高市皇子が亡くなった時、人麻呂がよんだ長歌（一四九句あり集中最大最長の歌）の反歌である。——池の伝承地は香具山の北の山中、南浦・出屋敷の集落にあり、ここでは隠沼の実感はつかめないようだ。池に隣接して、天香山神社（式内社・天香山坐櫛真智命神社《あまのかぐやまにいますくしまちのみこと》）が鎮座している。当社は『記紀』の神話世界の展開する場であり、境内には占いに用いたという波々迦《ははか》（かにわ桜）の木がある。またここの土を取って八十《やそ》平瓮《ひらか》を作り、天神地祇《てんしんちぎ》を祭った神武天皇の〝埴安〟伝承の舞台でもあった。

その埴土《はにつち》を神格化したのが西の山麓にある式内社・畝尾坐健土安《うねおにいますたけはにやす》神社である。この赤土は大和を象徴する物実《ものざね》であり、土は信仰上からいえば大和国そのものであった。——神社の北西、今の八釣山《やつりやま》不動尊の周囲の低湿地の痕《あ》跡《と》が、古代の埴安の池だったのであろう。

伝・埴安池

哭沢《なきさは》の杜《もり》に神甕《みわ》据《す》ゑ祈れども
わご大君は高日《たかひ》知らしぬ

檜隈女王《ひのくまのひめおほきみ》〈巻二・二〇二〉

歌意・哭沢の杜の神に、酒甕を据えて病気の回復を祈ったが、わたしの皇子は、天を治めに昇ってしまわれた。

天香山神社

畝尾坐健土安神社

哭沢女命の碑のある神体の井戸

健土安神社のすぐ西続きの杜が、哭沢女神《なきさわめのかみ》を祭る式内社・畝尾都多本《うねおつたもと》神社（通称・哭沢神社）で、『古事記』には「香山の畝尾の木の本」とあり、名の通り香具山の尾根の岬の神木の元に祭った神である。伊弉諾尊《いざなぎのみこと》の涙を神格化した神で、涙までも神とせずにはおられなかった、日本人のこころのやさしさを思う。当社に本殿はなく井戸が御神体で、哭沢は鳴沢《なるさわ》の意味を持っており、聖なる泉の女神は、埴安の池の聖水そのものを象徴しているのだった。

何時《いつ》の間も神さびけるか香具山の
鉾杉《ほこすぎ》がもとに苔生《む》すまでに
鴨足人《かものたるひと》〈巻三・二五九〉

歌意・いつの間にか、神々しいような気がするほどに、古びたことだ。香具山のまっすぐな杉の根方に苔が生えるほど。

この歌も香具山の木の元に祭られた神を意識したものであろう。

春過ぎて夏来たるらし白栲《しろたへ》の
衣《ころも》乾《ほ》したり天の香具山
持統《ぢとう》天皇〈巻一・二八〉

歌意・春がすんで、今、夏が来た。まっ白な栲の衣を村の乙女たちが乾かしてあるのが見える。その天の香具山で。

持統天皇八年（六九四）、都は藤原の地へ遷《うつ》った。夫、天武天皇の志を受け継いだ女帝は、大和三山に囲まれた藤井が原に、大陸的な条坊制を持ったわが国初めての計画的都市を建設された。女性の力だった。――このお歌は、平安時代の好みに少し言葉を変えられて『百人一首』にも取られた。まだ女帝が飛鳥《あすか》浄御原宮《きよみがはらのみや》におられた時の作といわれ、香具山を南方から眺めた叙景歌である。香具山はここからがいちばん形姿がよい。田植えに際して、村の娘たちが早乙女《さおとめ》の資格を得るために、白の浄衣を着て山籠りをしている民俗を、生々《いきいき》と詠まれたのである。

香具山を南方より望む

耳無《みみなし》山をめぐりて

藤原《ふぢはら》の大宮仕《おほみやつか》へ生《あ》れつぐや
　処女《をとめ》が輩《とも》は羨《とも》しきろかも
作者不詳〈巻一・五三〉

歌意・藤原の御所にお宮仕えとして、将来もあとからあとから現れ出てくる乙女たちはうらやましいことだ。

藤原京の宮殿が出来上がった時、新殿を讃《ほ》め称える歌として、謡《うた》われたものであろう。「藤原の宮の御井の歌」の反歌である。柿本人麻呂作と古くから推定されている。

藤原の古《ふ》りにし里の秋萩は
　咲きて散りにき君待ちかねて
作者不詳〈巻十・二二八九〉

歌意・このさびれた藤原の里の萩は、あなたを待つことが出来なくて、もう散りました。

藤原京は持統天皇八年（六九四）から和銅三年（七一〇）まで十六年間続き、奈良・平城京へ都移りする。

耳成山は円錐形をした、よく姿の整った山である。藤原京の造営はこの山を北限とした。――山の中腹には大和に六ヶ所ある山口神社の一つで、大山祇神《おおやまつみ》を祭る式内大社の耳成山口神社がある。山の南麓には通称、古池という池があり、桜が植えられ市民の憩いの場所となっている。

耳無《みみなし》の池し恨《うらめ》し吾妹子《わぎもこ》が
　来つつ潜《かづ》かば水は涸《か》れなむ
一人の壮士《をとこ》〈巻十六・三七八八〉

歌意・耳成の山がうらめしい。いとしい人が行って身投げをして潜ろうとしたら、水が涸れてくれればよかったのに。

『萬葉集』にはこの歌にちなむ〝妻争い〟の伝説が記されている。鬘児《かづらこ》

竹田の原橋の歌碑と寺川（竹田川）

竹田神社

という娘に、三人の男が求愛し、苦しみぬいた娘はついに池に身を投げてしまう。——このような伝説は各地に残っていたらしい。葛飾《かっしか》の真間（現・千葉県市川市）にいた真間手児奈《ままのてごな》はことに有名であった。生田川に投身した芦屋《あしのや》（現・兵庫県芦屋市）の菟原《うない》処女《おとめ》のものがたりは、のちに能の「求塚」となった。——耳無の池の所在は今は知れないが、この娘も他の処女と同様で、神に仕える巫女だったのであろう。

うち渡す
竹田《たけだ》の原に鳴く鶴《たづ》の
間《ま》なく時なし
我が恋ふらくは

大伴坂上郎女《おほとものさかのへのいらつめ》
〈巻四・七六〇〉

歌意・ずっと見渡す竹田の原に鳴く鶴のように、ちっとも止む間も、時もない。わたしの焦がれているのは。

右に詠まれた竹田の原は、今の橿原市東竹田の地（県立耳成高校の北）で、田園風景の残る集落の中に、式内社・竹田神社がある。ここに大伴氏の荘園、竹田荘があった。上の歌は、大伴坂上郎女が当地にいる時、娘の大嬢《おおいらつめ》に贈った歌である。郎女の甥・大伴家持もここを訪れて、姑《おば》と唱和の歌「玉桙《たまほこ》の道は遠けどはしきやし妹を逢ひ見に出でてぞ我が来し」〈巻八・一六一九〉を詠んだ。この歌碑は、同市常盤町の春日神社に建っている。

東竹田の地に立つと、東方に三輪山の山裾が長く引いて、その向こうに初瀬の峡谷が見渡せる。「隠国《こもりく》の泊瀬《はつせ》の山は色づきぬしぐれの雨は降りにけらしも」〈巻八・一五九三〉これは同じく、郎女が当地で紅葉する山を詠んだものである。

久米寺《くめでら》

久米仙人の建立とも、聖徳太子の同母弟、来目皇子の創建ともいわれる。

金堂

昭和五十二年四月、大改修落慶法要が営まれた。本尊は、天得薬師如来坐像、高さ約二・八m。

多宝塔

多宝塔の横にある巨大な礎石は、白鳳期のもの。弘法大師建立と伝える多宝大塔（東院大塔）は天慶五年（九四二）に焼失し、京都御室仁和寺《にんなじ》の多宝塔を万治二年（一六五九）に移築したのが現在のもの〈重要文化財〉。

益田池《ますだいけ》模碑

金堂裏庭にあり、池の完成した天長二年（八二五）に弘法大師が書いた池の碑銘の模碑である。

橿原神宮

初代・神武天皇とその皇后を祭る。明治二十三年の創建で、本殿はもとの京都御所内の温明殿《うんめいでん》〈重要文化財〉、神楽殿《かぐら》には同・神嘉殿が移築された。旧・官幣《かんぺい》大社。

文華殿

天理市柳本町にあった旧・織田藩主の「表向御殿」を移築・復元したものである〈重要文化財〉。

懿徳《いとく》天皇陵

四代の天皇陵で畝傍《うねび》山《やま》南《みなみ》繊沙《まなご》渓上陵《だにのかみのみささぎ》と称す。

安寧《あんねい》天皇陵

三代の天皇陵で畝傍山西南《ひつじさる》御陰《みほと》井上陵《いのへの》と称す。『書紀』には「畝傍山の南」ともある。近くに御陰《みほと》井《い》と安寧天皇神社がある。

畝火山口神社

『延喜式』の式内大社で、毎年二月と十一月に住吉大社から埴使《はにつかい》が埴土《はにつち》を採取に来る神事がある。古くは山口神を祭ったが、現在は安産の神として知られる。

慈明寺

寺伝では元亨《げんこう》三年（一三二三）慈明寺左門の創建という。本尊十一面観音像は文亀二年（一五〇二）の作。

神武天皇陵

わが国第一代天皇の陵で、畝傍山東北《うしとら》陵と称す。大海人皇子（天武天皇）が陵に馬と兵器を奉ったと『書紀』にある。

綏靖《すいぜい》天皇陵

二代天皇陵。神武天皇陵の北隣で、桃花《つき》田《た》丘上《のおかのうえの》陵と称す。

国源寺

木造聖徳太子二才像は正安四年（一三〇二）作である。寺前の塔心礎は大窪寺《おおくぼでら》のものと伝える。

河《かわ》俣《また》神社

式内社の高市御県坐鴨事代主神社とされる。「出雲国造神賀詞」によれば、皇孫守護の神として大和に祭った四神の一つで、ここが宇奈提《うなて》（雲梯）の神奈備である。

本《もと》薬師寺跡

天武天皇が皇后の病気平癒を誓願されて建立されたもので、造営は持統・文武両帝に引き継がれたが、養老二年（七一八）平城西京に遷された。金堂跡には方形の造り出しをもつ大きな花崗《かこう》岩《がん》の礎石が十数箇残存しており、東西両塔の土壇も礎石もそのまま残っている〈国特別史跡〉。

東西両塔心礎

両塔間の距離七一m、金堂中心から両塔中心を結ぶ線まで二九・五四m、東塔心礎は心柱をうける円孔と舎利孔《しゃりこう》があり、西塔心礎は円形の出枘《でほぞ》になっている。西の京の薬師寺塔礎は逆である。

紀寺跡

県立明日香庭球場の北隣地に、金堂・講堂・中門跡などが発掘調査後、整地し保存されている。

法然寺

本尊阿弥陀如来は、浮足如来と尊称され、「元祖大師勅修御伝之絵巻」六幅と見事な庭園がある。

畝尾都《つ》多《た》本《もと》神社

哭沢女神《なきさわめのかみ》を祭り、通称・哭沢女神社という式内社。伊弉諾尊《いざなぎのみこと》の御涙より成る神で、香具山の尾根に祭られた水神である。

畝尾坐健《たけ》土《はに》安《やす》神社

この神は、イザナギ・イザナミ二神より生まれた土神で、香具山の埴土《はにつち》の霊威を神格化したものである。埴安の池のほとりに祭られた式内大社。

天香山神社

天香山坐櫛真智命《くしまちのみこと》神社ともいい、櫛真智《くしまち》は奇兆で鹿卜占事《かぼくうらごと》をつかさどった神。式内大社でもとは山頂にあった。今の山頂の小祠《ほこら》はその名残である。境内には波々迦《ははか》の樹があり、赤埴《あかはに》聖地の碑もある。

天の香具山

この山には多くの神話・伝説が伝えられ、天上から降った山とされる。わが国の古代史を考えるうえで、もっとも重要な聖地。西の中腹に萬葉歌碑と佐佐木信綱博士の歌碑とがある。

天岩戸神社

式内社の坂門《さかと》神社と考えられている。磐座《いわくら》があり、湯篠やぶや七本竹のことを本居宣長もこの地に来て「菅笠日記」に書いている。

日《にっ》向《こう》寺《じ》

聖徳太子伝暦には太子建立の十一院中に日向寺の名がある。塔心礎が二段式であるのは太子創建と考えられ、飛鳥時代出土瓦もあった。塔跡は現在の弁財天社のある辺りという。

大官大寺跡

聖徳太子建立の熊凝精舎《くまごりしょうじゃ》を起源として数回の移建の後、天武天皇二年（六七三）高市大寺を造る司を任命し、同六年、高市大寺を改めて大官大寺と名付けられた。大安寺と改称されたのは大宝元年（七〇一）以降であり、和銅三年（七一〇）平城遷都とともに新都に移建し、もとの寺は翌年焼亡したともいう。

国分寺

聖武天皇の発願により、天平十三年（七四一）各・国府に設置された。僧寺と尼寺があり、正式にはこの僧寺を金光明四天王護国之寺と称したという。現在の国分寺の木造十一面観音立像は〈重要文化財〉。

小《お》房《ふさ》観音

本尊は木造十一面観世音菩薩立像、もと比叡山北谷観音院の本尊で、癪観音《しゃく》として信者が多く、大和七福八宝巡り霊場でもある。

藤原宮跡

持統・文武・元明三代十六年間存在した都。十二条八坊の条坊制をともなった大陸的都城であり、東西約二㎞、南北約三㎞の規模をもっていた。現在大極殿や十二堂・朝集院・回廊跡などが整備・保存されている〈国特別史跡〉。

耳成山口神社

耳成山の山頂近くにあり、祭神は大山祇神《おおやまつみ》で式内大社である。耳梨行宮《かりみや》・耳無池が付近にあった。

大日堂

この堂には、康正二年（一四五六）以降の墨書銘があり、文明十年（一四七八）上棟の棟札もある。

堂は三間四方の寄棟造本瓦葺で前面を礼堂、後方を内陣とし厨子《ずし》を設けて本尊を祭っている〈重要文化財〉。

木造大日如来坐像

桧材の寄木造で内刳《うちはぎ》とし総漆箔《しっぱく》である。宝髪は毛筋を入れ彫眼である〈重要文化財〉。

称念寺

河瀬権八郎富綱は父の宗綱と共に仏門に帰依《きえ》し、天正二年（一五七四）今井荘に移住し、翌年称念寺を建立した。明治十年二月、明治天皇が神武天皇陵御参拝のとき、当寺に二泊三日滞在された〈重要文化財〉。

順明寺

多田源八郎仲貞の創建で、寛永三年（一六二六）現在地に移築した。英照皇太后が滞在されたこともある。

高《たけ》市《ち》御《のみ》県《あがた》神社

橿原市立今井保育所の隣地にある。祭神は高市県主の祖・天津彦根命で式内大社。「祈年祭《としごいのまつり》」の祝詞《のりと》にある大和国の六御県神の一社で、天皇の御料地として野菜を作る地に祭られた神。

竹田神社

県立耳成高校の北に広がる集落が竹田原で、式内社・竹田神社はその中ほどに鎮座する。古代、この付近に大伴氏の荘園（田庄《たどころ》）があった。

四、当麻・二上山の道

當麻曼陀羅

4. 当麻・二上山の道

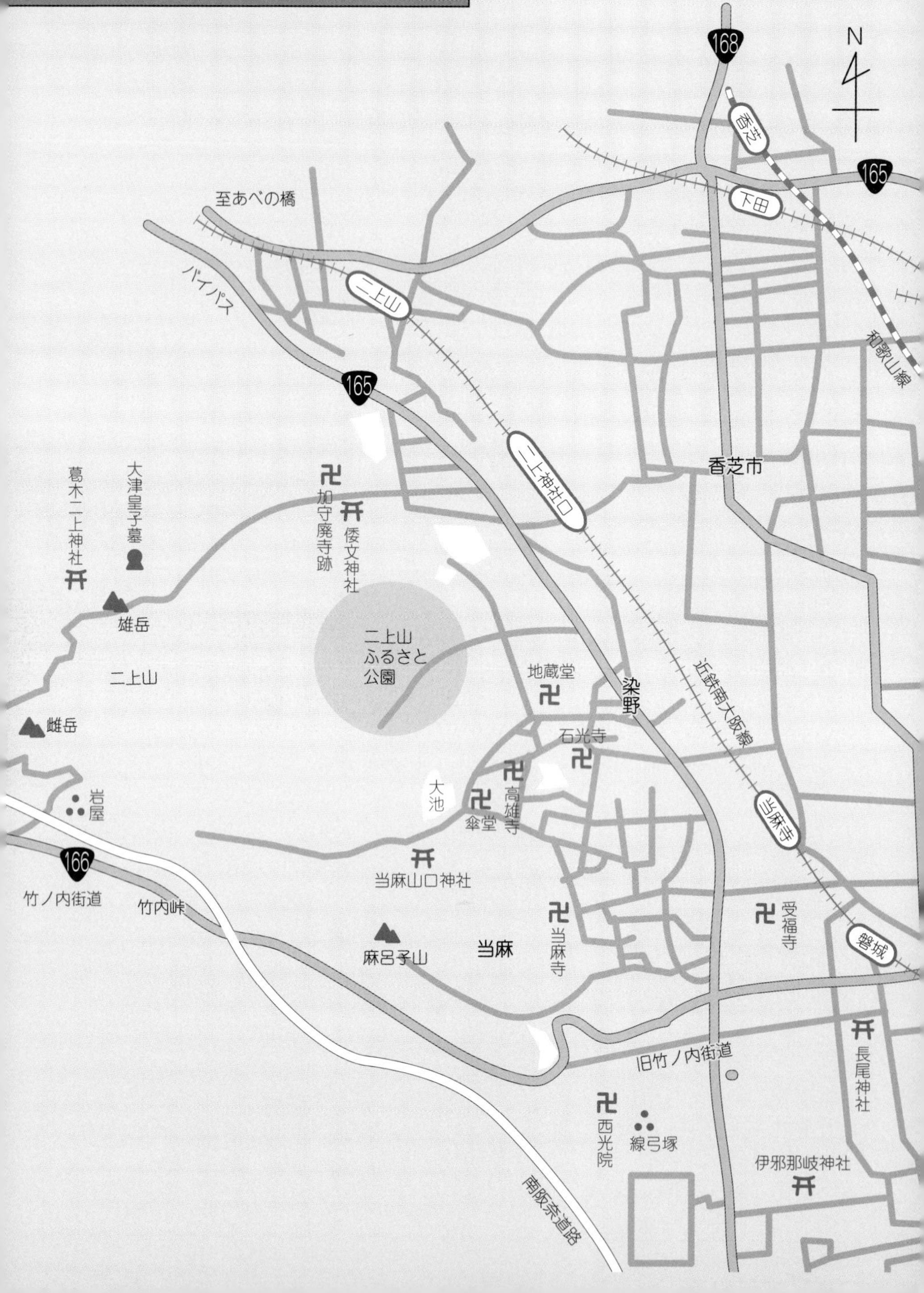
N
168
165
香芝
下田
至あべの橋
バイパス
二上山
和歌山線
165
二上神社口
香芝市
葛木二上神社
大津皇子墓
加守廃寺跡
倭文神社
雄岳
二上山ふるさと公園
二上山
地蔵堂
染野
近鉄南大阪線
雌岳
石光寺
岩屋
大池
傘堂
高雄寺
当麻寺
166
当麻山口神社
竹ノ内街道
竹内峠
受福寺
当麻寺
磐城
麻呂子山
当麻
長尾神社
旧竹ノ内街道
西光院
線弓塚
伊邪那岐神社
南阪奈道路

四、当麻・二上山の道

天《あめ》の二上《ふたかみ》 ——

二上山のなだらかな曲線の美しさは、大和のどこからも望むことが出来、またその山容は眺める場所・季節によって色々に変化する。「天の二上」と呼ばれた二上山は、大和の人々にとって、古代からの信仰の山であった。——山の左手前には麻呂子山があり、当麻寺の二つの三重塔が優雅な姿を見せている。

当麻路は当麻寺へ行く道である。——河内側から、二上山の女嶽の南を通る岩屋峠を越えて大和へ入ると、まもなく当麻寺に到るのだ。岩屋越えから河内側へ出て五〇〇mほどで、竹内街道と合流する。古代飛鳥京にとってこのみちは、重要な政治道路としてさかんに利用された。難波から海路、大陸に通じていたのである。——

二上山女嶽の桜。女嶽の南が岩屋峠越え

『古事記』（履中天皇）には「大坂に遇ふや少女を道問へば直《ただ》には告《の》らず当麻路《たぎまぢ》を告《の》る」という歌があるが、これは大坂（竹内越）から、当麻路（岩屋越）を指し示したものと考えられる。

大坂を我が越え来れば二上に
もみぢ葉流る時雨《しぐれ》降りつつ
作者不詳〈巻十・二一八五〉

歌意・大坂峠を越えてくると、二上山に時雨が降って、紅葉も雨とともに降る。

この歌も同じ道をたどったものと思われ、右の歌碑は二上山の女嶽の頂上に建つ。標高四七四mの女嶽へは当麻寺から約一時間の登山であり、ここからの眺めは大和平野を一望し、また大阪の市街から難波の海を見放《みさ》けて、ことにすばらしい。

紀路《きぢ》にこそ妹山《いもやま》ありと言へたまくしげ
二上山も妹こそありけれ
作者不詳〈巻七・一〇九八〉

歌意・紀州地方には妹山という有名な山があるという人のうわさだが、大和の二上山にも男山女山と並んでいて、女山はあるのだ。

北の高い峰を男嶽《おだけ》、南の低い峰を女嶽《めだけ》と呼び、男女二神の山だから"二神山"という伝承がすでに萬葉時代にはあったようで、もっと以前は峰と峰の間、ラクダの背の窪み（ほと）に祭る水の女神への信仰がもとだった。

二上に隠らふ月の惜しけども
妹が手本《たもと》を離《か》るるこの頃
作者不詳〈巻十一・二六六八〉

歌意・あの二上山に隠れてしまう月のように、名残り惜しいが、人のうわさがうるさいために、いとしい人の手を離れたこの頃よ。

古代の人々は、月には"変若水《をちみづ》"というのがあって、飲むと若返るという信仰があった。

平安中期の浄土教開祖の恵心僧都《えしんそうず》・源信は、当麻の狐井村の出身で、その生地とされるゆかりの寺が阿日寺《あにちじ》であった。僧都は幼い日々、二上山の落日を見て過ごしたのである。源信のような宗教的天才の眼に映り続けたその古代幻想の山は、彼の浄土への教えのみちびきとなって、きっと後世顕《た》ち現れて来たのであろう。やはり、その浄土信仰にすら、古代のおもかげがある。自然のみち、神道であった。——

源信が比叡山の横川で感得したと伝える「山越し阿弥陀像」は、二つの峰の中央から、月とも太陽ともつかない円満な阿弥陀仏がぬっと立ち上がって、半身から上を露《あら》わにしている。

彼岸を過ぎた頃、大和側から眺めると、太陽は二峰の間に沈んでゆく。浄土思想が生まれる以前から、すでに古代人は二上山のかなたに他界を見ていたのだ。天へ昇るみちでもあった。「山越しの阿弥陀仏」は、二峰の間に現前する月と太陽を同時に、正《まさ》に神仏と見たのである。——

当麻寺へは、近鉄・当麻寺駅からまっすぐ門前町をぬけて行くのもよいが、二上神社口駅から、先ず石光寺をめざす道

国宝・山越阿弥陀図（京都禅林寺）

の風光の方が、より古代の道を実感出来るであろう。式内社・倭文神社の杜《もり》には機織《はたおり》の神を祭る。中将姫の蓮糸《れんし》織りの曼荼羅の技術とはかかわりはあるまいが、そういう想像も楽しいものだ。この社は正式には、葛木倭文坐天羽雷命《かつらぎのしどりにいますあめのはずらのみこと》神社という長い名である。神社の近くに加守《かもり》廃寺跡があり、大津皇子追福の竜峯寺の跡と考えられている。ここから登山すると約一時間ほどで標高五一七mの二上山男嶽山頂に到り、すぐ大津皇子の円墳がある。ほど近くに式内大社の葛木二上神社が鎮座しており、南方に葛城山の山塊を遠望する。「葛城の二上山」と呼ばれたゆえんは、二上山も葛城山の続きだったことを示し、まさにそのことを実感できよう。

大津皇子二上山墓

当麻《たいま》まんだらみち

染野《そめの》には寒ぼたんで有名な石光《せっこう》寺がある。現代歌人の山中智恵子は、「秋の日の高額《たかぬか》、染野、くれぐれと道ほそりたりみずかなりなむ」と歌った。ここは古い高額《たかぬか》郷で、葛城高額比売命（神功皇后の生母）にちなむ土地であろうか。"現代の巫女"と呼ばれる山中は、古代の地名にひそむ古代のたましいの歴史をこのように歌ったのだ。

石光寺が染寺とも呼ばれるのは、中将姫《ちゅうじょうひめ》伝説にちなむ。——中将姫は天平時代の人で父は藤原氏（横佩《よこはき》大臣）。出家して当麻寺へ入り、生身の如来を拝したいと願った。ある日一人の尼が来て、如来を拝したいなら蓮の茎を百駄《だ》集めよ、と言った。この話は父から天皇に達し、帝は琵琶湖から蓮を集めさせた。尼は蓮の茎を折って糸を引き出し、井戸を掘ってひたすと、不思議なことに五色に染め上げられた。これを天女のような尼が現れて一夜で一丈五尺の曼荼羅を織りあげた。驚いた姫が尋ねると、最初の尼は阿弥陀如来、織女《しょくじょ》の尼は脇侍の観音と答えて姿を消した。これが『当麻曼荼羅縁起』の記す中将姫伝説である。今もその井戸が残っている。

葛木二上神社（男嶽山頂）

また『石光寺縁起』によると、天智天皇の頃、当地に夜な夜な光る三つの大石があった。天皇はこれ

石光寺・中将姫染の井

に弥勒三尊像を刻ませて安置した。この石仏は古く所在不明となっていたが、平成三年、弥勒堂建て替えの際に発掘された。縁起的事実が歴史的事実でもあることを明《あ》かしたすばらしい発見だった。その堂の前には釈迢空《しゃくちょうくう》の歌碑が立つ――

――「牡丹のつぼみ色たち来たる染井寺には(庭)もそとも(外面)、ただみどりなる」。

当麻寺本堂(曼荼羅堂)の本尊は「当麻曼荼羅」であり、そのマンダラを通して二上山を拝むのである。五月十四日の大和の年中行事として知られる「練供養」は、浄土への願いを人々に体験させるための宗教劇で、当地ではこの行事を"当麻レンゾ"と呼んでいる。世阿彌作の能「当麻」は、この中将姫伝説をさらに演劇化したものであった。彼は大和の生まれであるから、当麻もふるさとである。

――今はもう当麻の里を訪れる人にはおなじみになった、国文・民俗学者、歌

当麻寺山門から二上山

人で知られる釈迢空《しゃくちょうくう》・折口信夫《おりくちしのぶ》博士の小説『死者の書』をたずさえてゆくのもよいだろう。折口古代学と日本近代小説が作りあげた傑作はこのような一節から始まる。

彼《か》の人の眠りは、徐《シヅ》かに覚めて行つた。まつ黒い夜の中に、更に冷え圧するもの、澱んでゐるなかに、目のあいて来るのを、覚えたのである。

した　した　した。耳に伝ふやうに来るのは、水の垂れる音か。たゞ凍りつくやうな暗闇の中で、おのづと睫《まつげ》と睫とが離れて来る。

中将姫伝説を主題としたこの小説には、大津皇子の悲劇が二重写しになっている。『萬葉集』を愛する人は、二上山を望む時、皇子の悲劇のはかない美しさに心をうたれることであろう。――

弟は二上山――大津皇子と大伯皇女――

大津皇子の母、大田皇女は天智天皇の娘(妹は持統天皇)である。天武天皇の妃となり、女子(大伯《おおく》)

折口信夫

と男子（大津）を産んだ。偶然にも二子ともに国家非常の時であったから、征旅の途中、大伯は大伯海《おおくのうみ》（瀬戸内）で、大津は娜大津《なのおおつ》（博多港）で出生した。この姉弟の運命はもとよりはかなく揺蕩《たゆとう》ていた。

しかしながら、大津皇子は幼くして聡明で、祖父・天智天皇に愛された。容姿は優れ体大きく、音声も朗々として、学問を好んだ。特に文才があり、日本の漢詩はこの人から興ったという。

経《たて》もなく緯《ぬき》もさだめず處女《をとめ》らが
織れる紅葉《もみぢ》に霜な降りそね
大津皇子《おほつのみこ》〈巻八・一五一二〉

歌意・経糸もなく、緯糸もこしらえずに、娘たちが織った錦のようなこの紅葉に、霜よ降るな。

また、歌も雅だった。加えて武道を愛して、多力で剣を得意とした。だがこういう人ゆえに、奔放なところがあった。『萬葉集』には、次の歌が残されている。

あしひきの山の雫に妹《いも》待つと
われ立ち濡れぬ山の雫に
大津皇子〈巻二・一〇七〉

歌意・いとしい君を待つために、私は山から垂れる雫に、こんなに立っていて濡れてしまったよ。その山の雫のために。

この歌は、皇子が石川郎女《いしかわのいらつめ》に贈ったもので、郎女は「我を待つと君が濡れけむあしびきの山の雫にならましものを」〈巻二・一〇八〉と上手に返歌している。実は郎女は、兄の草壁皇太子の愛人でもあった。皇位のあらそいは、こういう恋のかたちにも現れていた。

おほぶねの津守《つもり》が占《うら》に宣《の》らむとは
まさしに知りて我が二人寝し
大津皇子〈巻二・一〇九〉

歌意・津守のやつの占いに出るだろうということは、まざまざ知りながら、二人寝た。

津守通《とほる》は陰陽道に優れた人で、その占いに出るとは分かっていながらの行動である。『懐風藻』に記す「性頗《すこぶ》る放蕩」というのは、こういうことをいうのであろうか。

ある時、新羅《しらぎ》の僧が来て言うには、「あなたは皇太子になる人相ではない。このままだと一生下位に立たねばならず、身は全うしない。」と…。謀叛をすすめられたわけだ。そこには大津を除こうとする陰謀が隠れていた。

そしてついに時が来た。天武天皇が亡くなられたのだ。――彼は伊勢神宮の斎宮《さいぐう》として伊勢へ下っていた姉の大伯皇女のところへ、密かに会いにゆく。姉もこれはいとまごいだと直感しただろう。姉一人、弟一人の淋しいきょうだいの心の内を思う。大伯皇女はこう歌った。

わが兄子《せこ》を大和へ遣《や》るとさ夜更《よふ》けて
暁露《あかときつゆ》にわが立ち濡れし
大伯皇女《おほくのひめみこ》〈巻二・一〇五〉

歌意・大切なあなたを大和へ立たすので、夜更けてから外へ出て、明方近い露に立っていて濡れたことだ。

二人行けど行き過ぎがたき秋山を
いかにか君が一人越ゆらむ
同右〈巻二・一〇六〉

歌意・二人で行っても、さびしく通りにくい秋山（阿騎山）を、あなたが一人で越えてゆくであろう。

謀叛を決意した弟の後姿を見守り続ける姉・斎宮の清らかさ…。

この事件は仕組まれていたのだろう。すでに察知されているところだった。捕らえられて訳語田《おさだ》の舎《いえ》に刑死する。――齢二十四。その辞世は「ももづたふ磐余《いはれ》の池に鳴く鴨を今日のみ見てや雲隠りなむ」〈巻三・四一六〉だった。――（P.109参照）

大伯皇女は肉身者の死のけがれにより、斎宮の任を解かれ、帰京するのであった。

かむかぜの伊勢の国にもあらましを
何しか来けむ君もあらなくに
大伯皇女〈巻二・一六三〉

歌意・こんなことなら伊勢の国にいたはずなのに、どうして帰って来たのだろう。弟の君もいないのに。

見まく欲《ほ》り我がする君もあらなくに
何しか来けむ馬疲るるに
同右〈巻二・一六四〉

歌意・せっかく会おうとして帰って来た弟の君もいないのに、どうしてわざわざ馬が疲れるのにやって来たのであろう。

大津皇子像（奈良薬師寺）

大津皇子の亡骸は二上山に葬られた。――今、男嶽の頂上にその墓がある。大伯皇女は歌った。

うつそみの人なる我や明日よりは
二上山を弟《いろせ》と我が見む

大伯皇女〈巻二・一六五〉

歌意・からだをもった人である私は、大切な弟を葬った山だから、明日より二上山を姉弟《きょうだい》と見なければならないのだろうか。

石の上に生ふる馬酔木《あしび》を手折《たを》らめど
見すべき君がありと言はなくに

同右〈巻二・一六六〉

歌意・岩の辺に生えている馬酔木を折ってもみようが、しかし、見せたいと思う弟は、生きているというわけでないから。

姉にとってたった一人の弟が、そこに葬られていると思えば、二上山そのものを弟と見て、手を合わせることが出来たのであろう。大伯皇女はのち、名張に夏見寺《なつみでら》を建立して弟を弔《とむら》った。今この廃寺跡に立てば、額井岳《ぬかいだけ》の二峰が二上山のまぼろしのように見える。――また近年、石光寺にて夏見廃寺と同型の塼仏《せんぶつ》が大量に出土した。大伯皇女は二上山をまともに拝むこの寺ともゆかりがあったという。皇女の半生は、ただ弟の魂鎮めのためについやされていたのであろうか。…皇女は四十歳で没した。

岩屋

大小二つの石窟があり、大石窟には内部の基壇から彫り残した十三重塔と、岩壁には仏菩薩が刻まれている。河内側から岩屋越えで当麻寺へ到る古代の当麻道。

葛《かつら》木《ぎの》二《ふた》上《かみ》神社

標高五一五mの雄嶽山頂に祭られ、『延喜式』の式内大社で、現社殿は山火事のため、類焼後に再建されたものである。

大津皇子墓

天武天皇が崩御された後に、大津皇子の謀叛《むほん》が発覚し、死を賜うたと『書紀』にある。姉の大伯《おおく》皇女の萬葉歌により知られる。

倭《し》文《どり》神社

祭神は機織《はたおり》の術を伝えた倭文《しどり》氏の祖の天羽雷命《あめのはいかずちのみこと》で、式内大社。摂社の掃守《かもり》(加守)神社は地名とも関係があり、産育の始祖といわれる天忍人《あめのおしと》神を祭り、摂社の二上神社とともに、倭文神社の相殿《あいどの》に合祀《ごうし》されている。

加守廃寺跡

大津皇子追福の寺、竜峯寺跡と伝えられ、奈良前期の瓦や近くから金銅製骨壷も出土した。

石光寺

天智天皇時代、光明を放つ大石に弥勒《みろく》三尊像を刻み、堂宇《どうう》を建立し安置したので石光寺と称したという。南門前に塔心礎がある。寒牡丹で名高く、多くの文人が訪れ、歌や句の碑が建てられている。

高《たか》雄《お》寺

授乳と難聴に霊験あらたかな薬師如来坐像と、聖観音立像が安置され何れも〈重要文化財〉。

傘堂

宝珠露盤《ほうじゅろばん》をのせ単層宝形造で、一本足のお堂である。死苦の安心を得るため参拝祈願する者が多い。

当《たい》麻《ま》山口神社

大山祇命《おおやまつみのみこと》を祭神とする式内大社。当麻氏の祖神を祭る当麻津比古《たいまつひこ》神社を摂社としている。

当麻寺本堂（曼《まん》荼《だ》羅《ら》堂）

桁行《けたゆき》約二一m、梁間《はりま》約十八mの寄棟造で東面し、内部は前半を外陣(礼堂)、後半を内陣とし、間に欄間格子を立てている。なお背面中央北よりに切妻造りの閼伽棚《あかだな》を設けている〈国宝〉。

須《しゅ》弥《み》壇《だん》

木造黒漆塗《くろうるしぬり》で、框《かまち》・束《つか》・木階《きざはし》には螺鈿《らでん》で宝相華文《ほうそうげもん》の装飾がほどこされており、寛元元年（一二四三）の作銘がある〈国宝〉。

木造阿弥陀如来立像

須弥壇《しゅみだん》の横にあり、像高二一〇cm、中空（人間一人が中に立てる程度）の立像であり、毎年五月十四日の「来迎練供養《らいごうねりくよう》」の本尊となる。二十五菩薩が来迎橋を渡り、浄土とされる本堂のこの中空の弥陀の体内に入り、如来に生まれ変わるというのである〈重要文化財〉。

厨子《ずし》

内陣に高さ三四五cm左右三枚折・両開きの厨子があり、奈良末期頃この寺に曼荼羅《まんだら》が奉納された時作られたものという。正面扉の裏面には一五〇〇人近い合力・結縁の人々の名が列記され、厨子全体に古い当初の鳥・蝶・山水画などが金銀泥文様で施されている。現在、博物館へ寄託中〈国宝〉。

東西両塔

方三間《ほうさんげん》、三重塔、本瓦葺、ほぼ相似形で奈良時代の建立、両塔の現存は当麻寺だけで共に〈国宝〉。相輪《そうりん》は塔の高さの約三割で後世のものより長い。水煙《すいえん》は火焔《かえん》形を意匠化したもので、東塔のものは魚の背骨を思わせる奇妙な形であり、西塔は唐草文を配してある。塔上には仏舎利が奉安されている。

金堂

治承四年（一一八〇）平家の南都焼打の別働隊により攻撃されたが、焼亡を免れている〈重要文化財〉。

塑造弥勒仏坐像《そぞうみろくぶつ》

本尊で（高さ二・二〇m）奈良時代前期の丈六塑像の一遺品として極めて価値が高い〈国宝〉。

乾漆《かんしつ》四天王立像

四天王像として現存している遺品の中では法隆寺に次ぐもので、異国的な情緒がある〈重要文化財〉。

田地寄進文

内陣の左から二本目の柱に文永五年（一二六八）銘記の孤独な女人の寄進文が墨書されている。

石灯籠

金堂正面石段下の前にあり、奈良時代前期の当麻寺創建当時のものとされている〈重要文化財〉。

講堂

治承四年兵火の後、乾元二年（一三〇三）再建の建物である。本尊は須弥壇中央の木造阿弥陀如来坐像で、木造妙幢《みょうどう》菩薩《ぼさつ》立像・木造阿弥陀如来坐像・木造地蔵菩薩立像と共に〈重要文化財〉に指定されている。

奥院

応安三年（一三七〇）知恩院から奥院に遷座された木造円光大師坐像が、本堂に安置されている〈重要文化財〉。宝物の倶利迦羅《くりから》蒔絵《まきえ》経箱《きょうばこ》〈国宝〉は有名。

中之坊

江戸初期の建築といわれる書院は〈重要文化財〉。御幸《みゆき》の間《ま》・鷺《さぎ》の間・鶴の間・侍者の間などからなり、障壁画《しょうへきが》は曽我二直庵の描いたものである。三つの茶席と庭園は、大和小泉城主片桐貞昌（石州）好みといい、その作庭で知られている。松室院の絵天井は明治以降の代表画家が一人一枚ずつ描いたのである。折口信夫博士ゆかりの寺。

綿《わた》弓《ゆみ》塚《づか》

芭蕉は竹内村に数回来ている。これは当麻寺への参詣もあるが門人千里《ちり》の郷里であり、また孝女伊麻の孝心に感激してのことでもある。芭蕉が滞在した興善庵《こうぜんあん》跡に、「綿弓や琵琶に慰む竹のおく」の句碑が建てられている。

葛城山の光芒

五、葛城の道

5　葛城の道

大和新庄
新庄
葛木御県神社
飯豊天皇陵
N
忍海
笛吹神社
角刺神社
近鉄御所
御所
不動寺
ロープウェイ
吉祥草寺
鴨山口神社
鴨都波神社
玉手
和歌山線
駒形大重神社
孝昭天皇陵
満願寺
葛城山
九品寺
野口神社
一言主神社
葛木水分神社
名柄神社
宮山古墳
24
新宮山古墳
至葛駅
巨勢寺跡
巨勢山口神社
極楽寺
御歳神社
吉野口
橋本院
正福寺
高天彦神社
水泥古墳
菩提寺
船宿寺
高鴨神社
薬水
近鉄吉野線
金剛山
風の森峠
至五条

五、葛城の道

かつらぎの祖

葛城古道は堂々たる存在感のある葛城・金剛の山なみを仰ぎつつゆく道である。――山の辺の道が女性的なたおやかさの風光に満ちたみちなら、ここは男性的な雄々しさをたたえたみちである。

神武天皇は葛城に来られ、国の形を見るため腋上《わきがみ》の嗛間丘《ほほまのおか》（現・御所市本馬山《ほんまやま》）に登られた。狭い国だが蜻蛉が臀呫《となめ》（メスとオスが尾をくわえ合って輪のようになった様子）をして飛んで行くような形の、連山に囲まれた土地だ、といわれ秋津洲《あきつしま》と名付けた。これが日本の称号の一つ「秋津島大和国」の起こりとなった。――あきつはとんぼのことで、豊穣を象徴するものだった。

葛城《かつらぎ》氏の祖は、孝元天皇の曾孫で、六代の天皇に二百五十年余仕えた武内宿禰《たけのうちのすくね》である。その墓が宮山古墳（室《むろ》の大墓《おおはか》）といわれている。

葛城の襲津彦《そつひこ》真弓《まゆみ》荒木《あらき》にも
寄るとや君が我が名告《の》りけむ
作者不詳〈巻十一・二六三九〉

歌意・葛城の襲津彦が強弓にこしらえた檀の木の、荒木のように、私を妻としてたよりにしておいでなので、私の名を人に告げなさったのであろう。

襲津彦は葛城氏に代々伝えられた名で、山人の頭目だった。神功皇后の母は葛城高額媛《たかぬか》といい、葛城氏の出身であった。四世紀末、朝鮮外交に活躍した武将・襲津彦《そつひこ》（沙至比跪《さちひこ》）の娘が、仁徳天皇の皇后、磐之媛《いわのひめ》である。

秋の田の穂の上《へ》に霧《き》らふ朝霞《あさがすみ》
いづへの方にわが恋ひやまむ
磐姫皇后《いはのひめのおほきさき》〈巻二・八八〉

歌意・秋の田に実った稲穂の上に、ぼうとかかっている朝霞が、何方か消えてなくなるように、自分の心も消散させたいが、とうていできない。

『萬葉集』の巻二はこの皇后の歌から始まってい

鴨都波神社（下鴨さん）

る。蘇我氏の祖は葛城氏であった。葛城の荒ぶる山神は、つねにこの一族の血をかきたてたのであろう。『日本書紀』には蝦夷《えみし》が祖《おや》の廟《まつり》を葛城の高宮《たかみや》に立てたということが記されている。

青き鴨神

葛城古道は近鉄の御所駅から歩み初めるのがよい。まず"下鴨さん"こと鴨都波神社すなわち式内大社の鴨都波八重事代主《かもつはやえことしろぬし》神社を訪れたいものだ。下津賀茂神社とも称し、この信仰が京都へ移って下鴨神社となった。当地は川の合流地点で水垣を成し、水田耕作に良い地勢であった。ここは大和でも最も早い時期に米作の行なわれた土地の一つで、弥生時代の農耕集落が発掘された。――ここから西の山麓へ向かって歩めばよいのだが、少し冒険をされる方は、一つ手前の忍海《おしみ》駅で下車するのもよい。さらに印象的な葛城の歴史の風景に出会うことが出来

角刺神社（角刺宮）

笛吹神社（葛木坐火雷神社）

るであろう。忍海は古代からの地名で、蝦夷が立てた祖廟《そびょう》もここにあったと伝える。角刺《つのさし》神社は「倭辺《やまとべ》に見が欲しものは忍海のこの高城《たかぎ》なる角刺宮」（『書紀』）と歌われた、飯豊青《いいとよあお》女王の角刺宮のあった地である。清寧《せいねい》天皇没後、姉の皇女は忍海飯豊青尊《おしみのいいとよあおのみこと》と称して一時国政を執った。

西へまっすぐ歩くと、道は山麓のゆるい坂にかかって続いてゆく。清々しい風光だ。さらに進むと森と集落のかたまっているなかに、ことさら青黒く大きな杜がある。通称、笛吹《ふえふき》神社と呼ぶ式内社・葛木坐火雷《かつらぎにいますほのいかずち》神社だ。この社の存在は荒らかで、いかに葛城の神が強力だったか…本殿裏には横穴式古墳の口が不気味に開いて、驚きだった。笛吹連氏の本拠地だったこの墓から、金銅装太刀が出土したと伝える。この一族は東国へ進出して、その支族が尾張氏となった。

当地から山麓を南へ下ると櫛羅《くじら》という不思議な地名のある分岐点へ出る。六地蔵のある付近からが現在の葛城古道のハイキングコースの出発点となって

鴨山口神社

いるようだ。くじらのくしは奇で、霊異をあらわす。髪にさす櫛も同じ意味である。らは付え詞《ことば》。——式内大社の鴨山口神社の神異をあがめた地で、山口は山霊を祭る聖地でもあった。付近には縄文遺跡があり、早く開けた土地だったのであろう。古代豪族・鴨氏は、葛城古道の南限、高鴨神社のあたりに発し、北へ広く居住していた。

春柳《はるやなぎ》葛城山に立つ雲の
　立ちても坐《ゐ》ても妹をしぞ思ふ

人麻呂歌集〈巻十一・二四五三〉

歌意・葛城山に立っている雲ではないが、何かにつけて、いとしい人のことが思い出される。

春柳はかつらに掛かっている。この歌は類型となってのちに伝えられた。『古今集』（巻二十）大歌所《おおうたどころ》に伝わった〝古き倭儛《やまとまい》の歌〟には「しもとゆふ葛城山にふる雪の間なく時なくおもほゆるかな」がある。枕詞のしもとは一般にいう〝すはえ〟（若枝）で、春の盛んな様子を現わす。かつらは鬘のこと。葛城山人が頭に付けていた神人のしるしの鬘がイメージとしてあったのだろう。山人は春になると麓の里の市にやって来て、占いや神事を行なったのである。

飛鳥川もみぢ葉流る葛城の
　山の木の葉は今し散るかも

作者不詳〈巻十・二二一〇〉

歌意・飛鳥川では紅葉が流れている。葛城山の楓の木の葉は、今散っているようだ。

一言主神社の芭蕉句碑

これは飛鳥地方から遠望した歌。——九品寺から、「一言《いちこんじ》さん」こと森脇の式内大社・葛木坐一言主神《かつらぎにいますひとことぬし》社へ行く。「吾は悪事《まがごと》も一言《ひとこと》、善事《よごと》も一言、言離《ことさか》の神」と名のりを上げた神であった。悪事も凶事も一言で解決する神だ。ことさかとは卜占《うらない》の神で、木霊《こだま》の信仰があるのだろう。雄略《ゆうりゃく》天皇が当地へ狩に来られた時、この神に会っている（『記紀』）。こ

葛木御歳神社（中鴨さん）

れは葛城山の精霊であり、本姿は土蜘蛛《くちぐも》だった。

また、役行者《えんのぎょうじゃ》が金峰山《きんぷせん》に岩橋を掛けるよう、一言主に命じたが、顔が醜いので夜しか働かなかった、という伝説がある（『今昔物語』）。境内の芭蕉の句碑「猶《なほ》みたし花に明け行く神の顔」はこの伝説にちなむものだ。——なお、ここ森脇の地に、磐之媛のふるさとの葛城高宮があったと考えられている。

長柄《ながら》の集落の中に、式内社の長柄神社がある。葛城山人の頭目《とうもく》・襲津彦は、当地に住んだので、葛城長柄襲津彦宿禰《そつひこすくね》と称したと伝える。

天武天皇は朝嬬《あさづま》（妻）へ行幸される途中、当社の杜で馬を御覧になり、騎射をさせた。天皇はよほど馬がお好きだったようで、今の桜井市外山《とび》（跡見）でも競馬を見物されている。——朝妻には聖徳太子ゆかりの朝妻寺があった。

“中鴨さん”こと式内大社・葛木御歳《かつらぎのみとし》神社はもう古びることに任せきってしまった古社だ。みとしとは米のことで、人の齢《よわい》のこともとしというのは、日本人の信仰の根源だった。米や餅を食べることは、その威霊を体に入れることである。

鴨神の高鴨神社（式内大社・高鴨阿治須岐詫彦根《たかがものあじすきたかひこね》命《みこと》神社）は“上鴨さん”で、上津賀茂神社とも称し、京都の上賀茂神社の本宮である。「出雲国造神賀詞《いずものくにのみやつこのかむよごと》」（延喜式祝詞）によれば、皇孫の守護神として大和国の四ヶ所の神奈備に鎮めた神の一つ、「葛木の鴨の甘奈備《かむなび》」が当社であるといわれている。朱の鳥居の前方に、風の森峠がある。ここは名の通り、金剛山の山颪《おろし》が吹き下ろす地で、風神・志那都比古命《しなつひこのみこと》を祭る祠がある。古代は紀伊（和歌山）と大和を結ぶ要衝で、近世は下街道（高野街道）と呼ぶ。

文久三年（一八六三）八月十七日の夕刻、この峠を独り息をきらしながら急ぐ人物がいた。幕末を代表する大歌人・国学者の伴林光平《ともばやしみつひら》だった。その時五十一。——「夕雲の所絶《とだ》えをいづる月も見む風の森こそ近づきにけれ」（『南山踏雲録』所収）——前夜、大坂の歌会のあとに急報を受け、そのまま夜中を歩き続け、生駒山の十三峠を越

高鴨神社（上鴨さん）

えて、ここまで来た。右はその折の作である。ついで五條に向かった。天忠組に参加するためだった。このいわゆる「天忠組の乱」は、悲劇的な潰滅《かいめつ》で終ったが、明治維新のさきがけとなった。

光平は囚われて京都の獄中にあっても、『萬葉集』の講義を同志たちのために行なった。講義を聴いた若い志士たちは、人間非常の場にあっても、文学のみやびを通して国の歴史に生きようとした。萬葉びとのこころをこころとして、次の時代への橋渡しをしたのである。まことにあわれだが、事実、日本の近代国家は、彼らの純粋な生命の積み重ねによって築かれたのであった。——このような『萬葉集』の学びがあったことを記しておきたい。

また、光平は偶然にも同獄の志士の中に歌人で有名な平野国臣《くにおみ》がいることを知ると、「この頃の風のたよりをしるべにてこゝにもかよへねやの梅が香」の歌を贈った。平野はただちに「いかにふく風やとなりにつたへけんひとやのうちにひめし梅が香」を返した。この贈答歌は王朝女流の恋の歌の文体だった。維新の志士たちは王朝の風雅の道に生き、その王朝のくらしを世の理想としたのである。彼らの壮絶な生涯は、萬葉・古今・源氏物語・新古今といった、文化への意志によって支えられていたことを、思うべきである。

高天原

「高天原《たかまがはら》」の神話伝承がある高《たか》間《ま》（天）の地は、金剛山の東の中腹に広がっている。金剛山はのちの名で、古く葛城山や高天山と呼ばれた。平安時代以降、当地も歌枕となっており、式子内《しょくしない》親王は「かすみぬる高間の山のしら雪は花かあらぬかかへる旅人」と詠んでいる。

葛城の高間の草野《かやの》はや知りて
標《しめ》さましを今ぞくやしき
作者不詳〈巻七・一三三七〉

歌意・葛城の高間の草野ではないが、先に標をつけた人のものになるようにあの人もそうしたらよかったのに、もうだめである。

この歌は民謡として謡《うた》われたものであろう。祭りの日の若い男女の談らいが聞こえて来るようである。

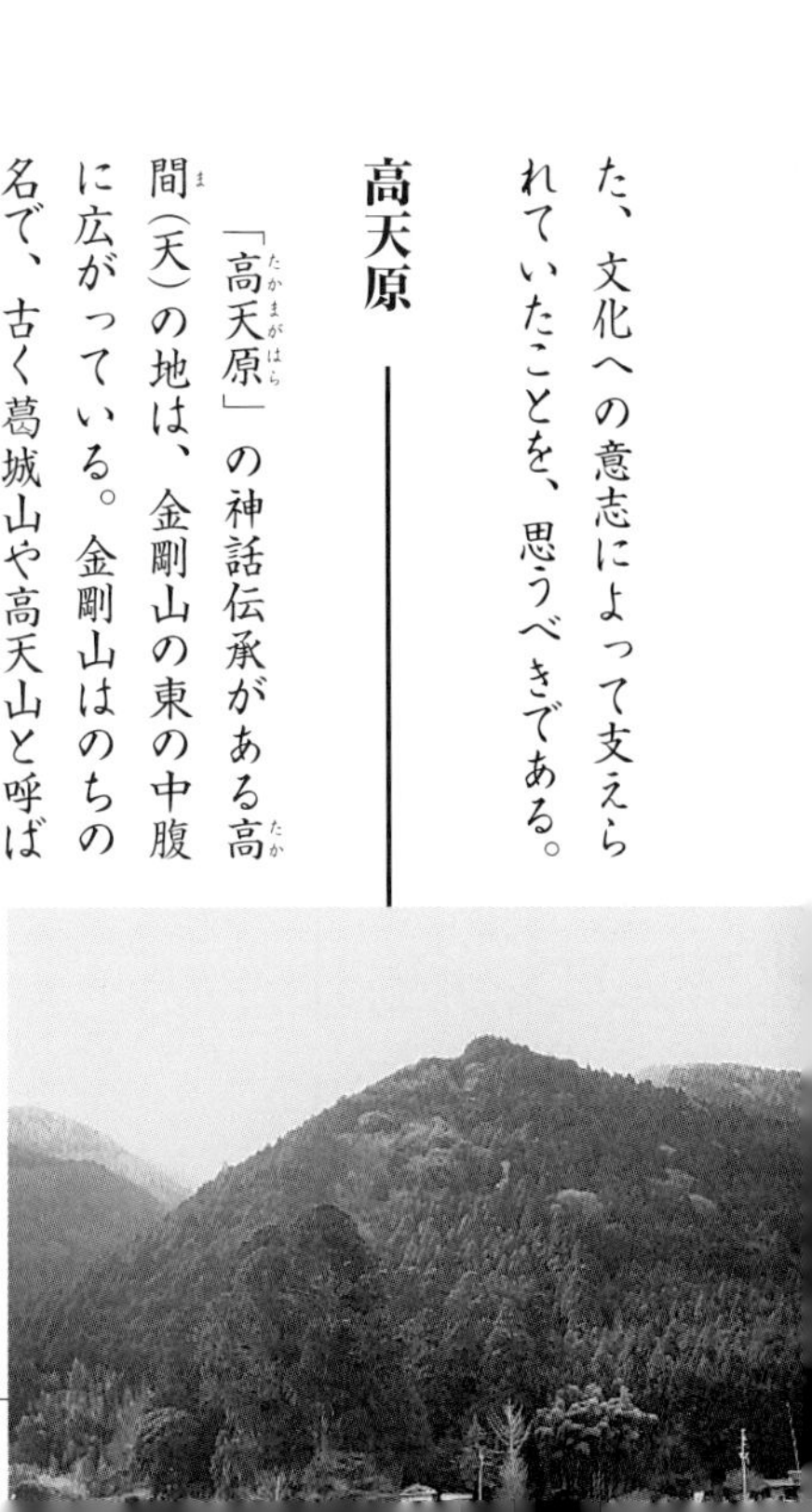
高天彦神社の神体山

神さびた高天彦神社

片方に高々と聳《そび》える深い山道が長々と続いているが、前方に開ける空間には吉野の連峰から大和の国中、遠く奈良山まで見渡すことが出来て、見飽きない。山の坂はいよいよ急になり、〝胸突八丁《むなつきはっちょう》〟の杉並木道に差し掛かる。もう、山の風音がかすかに響くばかりだ。少し道が平坦になった。——急に視界が開けて来た。眼前に広がる光景に思わず、感嘆の声をあげていた。そこの小盆地の中央に、金剛山の中腹から突き出たみごとな三角錐の神秘の山が夕光に浮かび上がっていた。——十戸ほどの民家から夕べの炊《かし》ぎのけむりが、霞のように紺青《こんじょう》の神山の中腹へ棚引いていた。短かい杉古木の参道が、極《ごく》自然にまっすぐ鳥居に向かっていた。式内社・高天彦《たかまひこ》神社である。現代において、神を感じることの出来る数少ない聖地のひとつであろう。ここには古代がそのまま風景として残っているのである。

子等《こら》が名に懸けのよろしき朝妻の
　傍山岸《かたやまぎし》に霞たなびく
人麻呂歌集〈巻十・一八一八〉

朝妻の傍山岸

歌意・朝妻という名はいい。恋する人に付けたらいい。妻というにゆかりのあるその山の岸のあたりに、霞がかかっている。

歌枕・朝妻の地は、高天の山から降りてすぐ下に広がる集落で、傍山岸の歌の通り、山裾に広がる美しい名といにしえの風情を残す村である。「今朝行きて明日は来なむと言ふ子かに朝妻山に霞たなびく」〈巻十・一八一七〉この歌は右の歌と対になっている。『書紀』（仁徳天皇）の「朝嬬《あさづま》の避介《ひけ》の小坂《をさか》を片泣きに道行く者も偶《たぐ》ひてぞ良き」の歌も、やはり当地を古里とする皇后・磐之媛にちなむものであろう。朝妻は恋の名所歌枕であった。

紀道《きじ》へ

さざれ波磯巨勢道《いそこせぢ》なる能登瀬川《のとせがわ》
　音のさやけさ激《たぎ》つ瀬ごとに
波多少足《はたのをたり》〈巻三・三一四〉

巨勢寺塔阯

風の森峠の南東にある重坂《へさか》峠は、飛鳥から巨勢《こせ》の峡谷を通って宇智《うち》（五条市）へ出る巨勢道の峠越えである。能登瀬川は今、重坂《へさか》川といい、曽我川の水源となっている。——葛城地方から南へ見放《みさ》けた吉野の入口、巨勢峡谷の一帯を巨勢野といったのである。

歌意・巨勢道にある能登瀬川の岸の岩を、小波が越すほどの急流の音がさっぱりと聞こえることだ。その激しい瀬ごとに。

巨勢山のつらつら椿つらつらに
見つつ偲《しぬ》ばな巨勢の春野を
坂門人足《さかとのひとたり》〈巻一・五四〉

歌意・巨勢山につづいている椿の木立ちよ。それをつくづく見ながら、このあたりの春時の野の景色を思うことだ。

この歌は大宝元年（七〇一）九月、譲位して太上《だいじょう》天皇となった持統女帝が、紀伊国の武漏《むろ》（現・白浜）温泉に行幸された時の作で、巨勢野には巨勢寺があった。今は廃寺の塔の心礎が残るばかりである。古代豪族の巨勢氏は武内宿禰を祖とし、葛城氏や蘇我氏と同族であった。ちなみに古代の椿は今の山茶花《さざんか》である。

直《ただ》は行かず此《こ》ゆ巨勢路から石瀬《いはせ》踏み
求めぞわが来る恋ひてすべなみ
作者不詳〈巻十三・三三二〇〉

歌意・京へ帰るのは、まっすぐな道もあるが、ここ巨勢道から石の多い川の浅瀬を越えて君のいる場所をつきとめて来た。恋焦がれてやるせなさに。

巨勢道はさらに真土《まつち》山の峠を越えて紀道《きぢ》に出る。大和の人々にとって紀伊（和歌山）は、はるかに遠い海のある異郷であった。帰って来た時、重坂峠のあたりに立つと、もう大和に入ったという安堵《あんど》感が起こったことであろう。

あさもよし紀人《きびと》羨《とも》しも真土山
行き来《く》と見らむ紀人羨しも
調淡海《つきのあふみ》〈巻一・五五〉

歌意・真土山に来ると、非常にいい景色だ。私は紀伊の人がうらやましい。行くといっては見、帰って来るといいながら往来しているはずの紀伊の人がうらやましい。

真土山は今の五條市と和歌山県橋本市との県境の待乳《まつち》峠であるといわれている。この歌も持統太上天皇紀伊行幸の時の作で、世はその孫の文武天皇の時代になっていた。

鴨《かも》都《つ》波《は》神社

近鉄御所駅の南にある鴨都波八重事代主《かもつはやえことしろぬし》神社は、大国主命の御子で大田田根子命の孫である、大賀茂都美命《おおかもつみのみこと》が創祀《そうし》したという。『延喜式』式内大社、正一位の神格を持ち、葛城賀茂神社とも大三輪社の別宮ともいわれる。

鴨都波遺跡

神社の神域を中心とした数度の発掘調査により、弥生時代中期・後期の土器や石器および、高床建築の遺構と見られる堀立柱が並んで出土し、大規模な農耕集落のあったことが分かった。

孝昭天皇陵

天皇即位後、都を掖上池心宮《わきかみいけごころのみや》に遷す（御所市池之内）。崩御後、掖上博多山上陵《はかたやまのかみのみささぎ》に葬りまつると『書紀』にある。

宮山古墳（室の大墓）

全長二四六mの前方後円墳で、武内宿禰《たけのうちのすくね》の「室《むろ》の大墓」として知られている。鎮守社があることから宮山という。昭和二十五年、後円部の竪穴式石室が調査された結果、王者にふさわしい長持形組合式石棺が安置され、封土上に形象埴輪《けいしょうはにわ》が立ててあったことが分かった。孝安天皇室《むろの》秋津島宮《あきつしまみや》跡という伝承もある。

飯《いい》豊《とよ》天皇陵

清寧天皇崩御後、二皇子が互に譲り位につかれないので、皇女の飯豊青皇女《いいとよあおのひめみこ》が角刺宮《つのさしのみや》（現在の角刺神社）でしばらく政治をみたという。清寧天皇五年（四八四）十一月この地に葬られた。葛城埴口丘陵《かつらぎはにくちのおかのみささぎ》と称す。

葛木《かつらぎに》坐《います》火雷《ほのいかずち》神社

式内大社であり、明治七年郷社となる。笛吹神社は火雷神社の相殿に祭る。笛吹連の祖先を祭ったもので、本殿の後ろ側に円墳があり、横穴式で玄室内に家形石棺がある。

鴨山口神社

式内大社。宮廷の用材を採取する時に、祭神大山祇命《おおやまつみのみこと》に祝詞《のりと》を捧げる。山霊を祭る地でもある。

九《く》品《ほん》寺《じ》

聖武天皇の命により、行基が天平年間に当地に草庵を造り、のちに空海が戒那《かいな》千坊を創始したときの一寺という。

千体石仏

本堂背後に群立する約二〇〇〇体の地蔵尊は、「身代り石仏」として有名である。また参道の南半分はおもむきのある庭園で、北半分は西国三十三ヶ所観音霊場。

一《ひと》言《こと》主《ぬし》神社

『古事記』『日本書紀』にも、雄略天皇と一言主の神が葛城山中で出遇った話がある。式内大社・正一位の神格をもつ。「イチコンジサン」とも呼ばれ、古来より一言で願いを聞いて下さるという強い信仰がある。

長《なが》柄《ら》神社

天武天皇九年（六八〇）に天皇は朝嬬《あさづま》に行幸されたとき、長柄神社で馬を御覧になり騎射をさせられたと伝えられている。

銅《どう》鐸《たく》

近くの名柄池から大正七年五月、多紐細文鏡《たちゅうさいもんきょう》と銅鐸が発見された。池畔《ちはん》に「銅鐸出土地」碑がある。

葛城御《み》歳《とし》神社

五穀豊穣《ほうじょう》の守護神を祭り、貞観元年（八五九）従一位、式内大社である。「中鴨さん」ともいう。

船《せん》宿《しゅく》寺《じ》

寺伝では行基の開創と伝え、薬師如来を本尊とする。見事な庭園につつじの花がすばらしい。

高鴨神社

天平宝字八年（七六四）の創建で従一位、式内大社である。神宮寺を神通寺《じんどうじ》と称したが、今は廃絶し礎石だけ残っている。本殿は〈重要文化財〉。摂社の東神社本殿は〈奈良県指定文化財〉。

高《たか》天《ま》彦《ひこ》神社

式内大社。金剛山の東の中腹にあり、荘厳な神体山を背にして建つ。祭神高皇産霊神《たかみむすびのかみ》は高天彦の別名であるという。付近に鶯宿梅《おうしゅくばい》、蜘蛛塚《くもづか》の旧跡がある。

橋本院

当寺はもと行基の創建した高天《たかま》寺で、高天彦神社の東方に正堂一宇、草庵五、六坊あったという。今はわずかに三間四間の本堂に長谷寺式十一面観音像を安置している。この付近での眺望はすばらしい。

極楽寺

天暦五年（九五一）奈良興福寺の一和僧都が創建した極楽寺があったといい、地名にもなっている。

巨《こ》勢《せ》寺跡

近鉄吉野線とJR和歌山線に挟まれた僅かの地に建つ小堂（大日堂）が飛鳥時代に大伽藍を誇った巨勢寺の跡である。一辺約一・六mの方形の塔心礎に円柱孔や舎利孔・蓋孔・水抜孔がある〈国史跡〉。

正福寺

大日堂の南方近鉄線に沿ってあり、巨勢寺の子院勝福寺の後身と伝えられる。本堂には鎌倉時代作という阿弥陀如来立像があり、巨勢廃寺の礎石が多数残されている。

巨勢山口神社

延喜式内大社で、大和六所山口神の一社。正長元年（一四二八）に今の巨勢山の七合目（標高二〇〇m）辺りに遷座された。

国宝　大和国粟原寺三重塔伏鉢（談山神社蔵）

六、泊瀬・忍坂の道

6. 泊瀬・忍坂の道

至松阪
166
N
粟原天満神社
粟原寺跡
十二神社
忍坂山
（外鎌山）
大伴皇女
押坂内墓
鏡女王押坂墓
舒明天皇陵
忍坂坐生根神社
石位寺
天王山古墳
倉橋溜池
音羽山
大和朝倉
忍坂山口坐神社
37
至談山神社
佐野の渡り
宗像神社
鳥見山
崇峻天皇陵
下居神社
金屋
茶臼山古墳
等弥神社
聖林寺
兜塚古墳
桜井
春日神社
メスリ山古墳
165

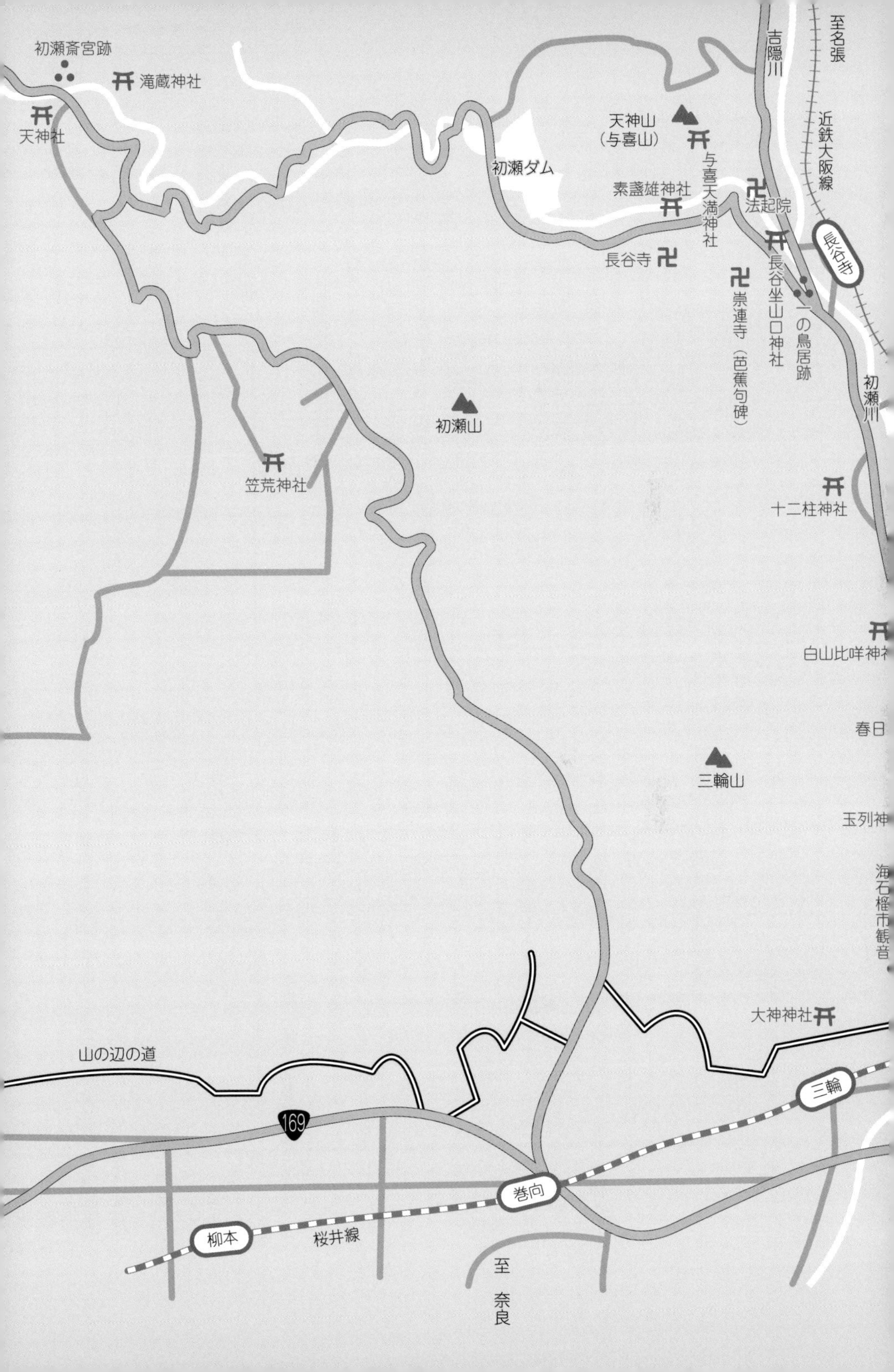
初瀬斎宮跡
滝蔵神社
天神社
天神山
（与喜山）
与喜天満神社
初瀬ダム
素盞雄神社
法起院
長谷寺
長谷坐山口神社
崇連寺
（芭蕉句碑）
一の鳥居跡
吉隠川
至名張
近鉄大阪線
長谷寺
初瀬川
初瀬山
笠荒神社
十二柱神社
白山比咩神
春日
三輪山
玉列神
海石榴市観音
大神神社
山の辺の道
169
三輪
巻向
柳本
桜井線
至 奈良

初瀬川のほとりに立つ。左より三輪山の岬、佐野の渡り・忍坂山・倉橋山・鳥見山・多武峯

六、泊瀬・忍坂の道

隠国《こもりく》

泊瀬道《はつせ》はJRか近鉄の桜井を下車し北口から歩み初めるのがよいだろう。三輪山と初瀬峡谷を眺めながら、北東へ約一㎞行くと、初瀬川の川岸に出る。これを三輪山沿いに北西へ進むのが山の辺の道である。——

隠国《こもりく》の豊泊瀬路《とよはつせぢ》は常滑《とこなめ》の
かしこき路ぞ恋ふらくはゆめ
人麻呂歌集〈巻十一・二五一一〉

歌意・泊瀬へ通う道は、いつもすべすべしたあぶない恐い道です。恋焦がれて会うために、この道を来るということは、決してなさいますな。

泊瀬古道は豊泊瀬路とも呼ばれ、初瀬の峡谷を脇本、黒崎、出雲と過ぎてゆく道であった。豊は美称である。

隠国の泊瀬小国《はつせをぐに》に妻しあれば
石は踏めどもなほぞ来にける
作者不詳〈巻十三・三三一一〉

歌意・石の上を踏んで通らなければならない道だけど、泊瀬の国には妻がいるので、何とも思わずやって来たことだ。

右の二首ともに常滑の巌石が恐《かしこ》い、という表現をしているが、これは岩に対する信仰上の畏敬感が働いていよう。泊瀬小国はそのまま、山谷に挟まれた盆地(隠国)の様子を示しており、当時は異郷と考えられたのであろう。——泊瀬道は、与喜天満神社、長谷寺に到り、さらに宇陀へ越えて伊勢へゆく。

神籬《みもろ》の神の佩《お》ばせる泊瀬川
水脈《みを》し絶えずばわれ忘れめや
大神高市麻呂《おほみわのたけちまろ》〈巻九・一七七〇〉

歌意・三輪山の神が帯のようにまとっている初瀬川の水源が切れてしまえば、仕方ないが、なんでこの宴会のことを忘れましょうか。

「壬申の乱」の猛将・大神高市麻呂が長門守《ながとのかみ》として赴任する時、川のほとりで送別の宴会をした際の歌。今の山口県下関付近までの旅だった。山や川の実景を讃《ほ》めることによって、三輪山のみもろに宿る神霊に長旅の安全を心にかけて祈っているのである。またこの川は禊《みそぎ》の川でもあった。

隠国《こもりく》の　泊瀬《はつせ》の山　青幡《あをはた》の　忍坂《をさか》の山は
走り出の　よろしき山の　いでたちの　くはしき山ぞ
惜《あたら》しき山の　荒れまく惜《を》しも

作者不詳〈巻十三・三三三一〉

歌意・泊瀬の山。その山脈の中の忍坂山は、山の裾を引いたような形がよく、また姿も美しい山である。その山が荒れてゆくのは惜しいことだ。

右は長歌《ちょうか》である。初瀬川の川岸から南に見る風景は『萬葉集』の時代とほとんど変わりはない。「隠国」は泊瀬に掛かる枕詞で、峡谷が両側から迫って籠ったようになった処《ところ》（く）をいう。青幡の枕詞は木々が生い繁った様子とも、葬儀の祭りの時に立てた幡《はた》ともいう。一つの言葉に多様な意味を持つのは日本語の特徴である。当時は忍坂山も泊瀬山も葬地となっており、山が荒れるのは惜しいことだと嘆いて詠んでいるのである。——泊瀬《はつせ》は〝終《は》つる処《せ》〟の意で、隠国とともに、死後の世界のイメージがある。長谷《はせ》は峡谷の形によっており、長谷寺はその呼び名を取っている。

初瀬川は三輪山の岬となった付近から、曲って北西へ流れ、三輪川と呼ばれるようになる。ここが狭《さ》（佐）野《ぬ》の渡りであった。

苦しくも降り来る雨か三輪《みわ》が崎
狭野《さぬ》のわたりに家もあらなくに

長奥麻呂《ながのおきまろ》〈巻三・二六五〉

歌意・こまったことに降って来た雨だ。三輪山の突き出た崎の狭野の渡り辺には、家も一軒もないのだ。

中世の大歌人・藤原定家はこの歌を本歌取りして、「駒《こま》とめて袖打ちはらふ陰《かげ》もなし佐野の渡りの雪の夕暮れ」と詠んだ。雪の景に見立てて艶なるものにした。定家は『源氏物語』のおもかげを長谷寺に尋ねたとき、この地も訪れたのであろう。

隠国の泊瀬の山は色づきぬ
　しぐれの雨は降りにけらしも
大伴坂上郎女《おほとものさかのへのいらつめ》〈巻八・一五九三〉

歌意・泊瀬の山は紅葉した。もうあの辺では、時雨が降ったにちがいない。

　これは家持の叔母、大伴坂上郎女の歌。荘園のあった竹田（現・橿原市東竹田）の地にて詠まれた。泊瀬山を遠望した歌で、このようななだらかな調《リ》子《ズム》の歌は、のちの『古今集』の歌風へ引き継がれてゆく。

籠《こ》もよ　み籠持ち　掘串《ふぐし》もよ
み掘串持ち　この岡に　菜《な》つます子　家告《の》らへ
名告らさね　空見《そらみ》つ　大和《やまと》の国は　おしなべて
吾れこそ居れ　しきなべて　吾こそ居れ
吾こそは　告らめ　家をも名をも
雄略《ゆうりやく》天皇〈巻一・一〉

白山比咩神社の萬葉集発耀讃仰碑

歌意・籠やヘラを持って、この丘で菜を摘んでいられる娘さんよ。家をおっしゃい。名前をおっしゃい。この大和の国は、すっかり私が治めている。一体に治めて私がいる。さあ、私から言おうかね、家も名前も。

　慈恩寺の式内社・玉列《たまつら》神社から脇本へと、山裾の旧・伊勢本街道を歩む。古風なたたずまいの家並みが続いている。雄略天皇の泊瀬朝倉宮《はつせのあさくらのみや》は、五世紀の大型建物遺構がみつかった脇本遺跡の調査で、朝倉小学校西から脇本の春日神社一帯、初瀬川にかけての区域にあったと考えられている。かつては黒崎の「天の森」が推定地とされていたため、黒崎の白山《しらやま》比《ひ》咩《め》神社境内には、保田與重郎・筆の「萬葉集發耀讃仰碑《はつようさんぎょうひ》」と「籠もよ…」の歌碑が立っている。——春の野に菜摘みに来ていた神仕えの聖女に、天皇は声を掛けられた。こういう妻問いの儀式が古代にはさかんに行なわれたのであろう。天皇は激しい性格の持ち主だったが、その反面たくさんの歌を詠む心の豊かな方だった。何よりもこの歌には春の喜びにあふれている。天地初発《あめつちのはじめ》のみなぎる光明である。国の初めの若いはつらつとした気分が、天皇の堂々たる生命に反映しているのである。篇者が『萬葉集』の巻頭にこの一首を置いた意義は深い。

泊瀬《はつせ》の山風

泊瀬川夕渡り来て吾妹子《わぎもこ》が
家の金門《かなと》に近づきにけり

人麻呂歌集〈巻九・一七七五〉

歌意・泊瀬川を晩に越えて来て、いとしい人の家の門に近づいて来たことだ。

長谷寺の門前町へ入る手前の村が出雲《いずも》である。この歌は舎人《とねり》皇子に奉った歌で、葬地として晩いイメージのある泊瀬にも、このような心躍る恋の歌があるのは嬉しい。十二柱神社には武烈天皇の列城宮《なみきのみや》跡と国技相撲の祖・野見宿禰《のみのすくね》の石塔がある。

泊瀬風かく吹く夜はいつまでか
衣片敷《ころもかたし》き我《あ》が独り寝む

作者不詳〈巻十・二二六一〉

歌意・泊瀬山から吹き下す風が、こんなに冷い晩、いったいいつまで、独り衣を敷いて寝なければならないのか。

はつせの風をうたった歌。「衣片敷き」は後、中世の歌の類型となる。『百人一首』の「きりぎりす鳴くや霜夜のさむしろに衣片敷き独りかも寝む」藤原良経の歌が有名だ。

河風の寒き泊瀬を嘆きつつ
君が歩くに似る人も逢へや

山前王《やまさきのおほきみ》〈巻三・四二五〉

歌意・泊瀬川の風が寒く吹くその里を、ため息つきつつ君が歩く時、せめて亡くなったあの女に似た人にでも出逢ってくれればよいが。

紀皇女の亡くなられた時、石田王の代わりに山前王が悲しんで作った長歌の反歌。秀歌である。

泊瀬の斎槻《ゆつき》が下に吾が隠せる妻
茜《あかね》さす照れる月夜に人見てむかも

人麻呂歌集〈巻十一・二三五三〉

初瀬川と大泊瀬山（与喜山）の遠望

歌意・泊瀬の山にある神木の槻の木の下に、隠れさせてあるいとしい人を、今頃、月の光でだれかに発見されはしまいか。

五七七・五七七という旋《せ》頭《どう》歌《か》の形式の歌。はつせの月をうたっている。槻の木は古代人にとって特別な神木で、神を迎えるひもろぎ（霊《ひ》降《も》る樹《き》）であった。槻の下に女性の籠る忌屋《いみや》があったのだろう。

隠国の泊瀬の山の山の間に
いさよふ雲は妹にかもあらむ
柿本人麻呂〈巻三・四二八〉

歌意・泊瀬山の山あいに、動くこともなく懸《か》かっている雲は、死んだいとしい人の煙だよ。

土形處女《ひちかたのおとめ》を泊瀬山で火葬した時の挽歌。普通、泊瀬山といえば与喜天満神社のある大泊瀬山（与喜山・天神山▲四五五ｍ）と長谷寺のある小泊瀬山を指すが古代信仰では、与喜社のある山が重要である。この歌は投げ出したような詠《よ》み口だが、返ってそこに心情が伝わって来る。

隠国の泊瀬の山に照る月は
盈《み》ち虧《か》けすといふ人の常なき
作者不詳〈巻七・一二七〇〉

歌意・泊瀬の山に照っている月は、満ちたり欠けたりするが、もとは不変である。だが人は常住不変ではいられない。

仏教思想の入って来る以前から、古代人は他界観を持っていた。何よりも人間が不変ではないという素朴な詠嘆は、永却の響きとなって伝わって来る。——泊瀬山は三輪の檜原、泊瀬の檜原と詠まれているように、三輪山からの続きの山であった。

降る雪はあはにな降りそ吉隠《よなばり》の
猪養《ゐかひ》の岡の寒からまくに
穂積皇子《ほづみのみこ》〈巻二・二〇三〉

与喜天満神社の磐座

磯城の厳橿が本

歌意・雪は降っても、ひどく降ってくれるな。あの吉隠の猪養の岡がつめたかろうから。

長谷寺の南を通って名張へ越える国道一六五号線沿いの峠が吉隠で、そこの国木山という急な尾根に春日宮天皇妃陵がある。この歌は雪の降る日、当地に葬った但馬《たじま》皇女を泣きながら偲んだ秀歌だ。皇女の墓は今は不明だが、なばる（隠れる）の意の通り石棺に眠る愛人の上を思いやった歌であろう。

長谷寺の一の鳥居跡から門前町が続く。町並みを右へぬけると初瀬川が流れ、朱の太鼓橋を渡ると式内社・長谷山口神社がある。"磯城《しき》の厳橿《いつかし》が本《もと》"の石柱が建つが、与喜山にあったとする説が良い。天照大神を伊勢神宮に鎮める以前、八年間倭姫命《やまとひめのみこと》は当地に留まり神を祭った。神霊の憑り代《よしろ》である神木の橿の木があった。

拝殿前の磐座<左手前>ー長谷信仰の原点がここにあろうー

滝蔵神社本殿（奥の院）と神奈備の杜。ー長谷寺に参って当社に参らなければ"片参り"といわれたー

さらに門前町を進むと、前方に屏風を立てたように立ち聳える大泊瀬の原生林、国の天然記念物である与喜山が徐々に迫って来る。朱塗りの天神橋を渡って中腹の赤鳥居から約二百段の古びた石段を上ったところに、与喜天満《よきてんまん》神社がある。当社を今地主、四km川上にある滝蔵《たきくら》神社（奥の院）を本地主と呼び、これが長谷信仰の根源であった。天満神社境内には三つの磐座《いわくら》があり、なかでも「鵝形《がぎょう》石」と呼ばれているものは、天照大神の影向《ようごう》石ー神が姿を顕した石ーだと伝える。このような太陽信仰の原始の姿が、のちに伊勢の五十鈴川のほとりに祭られた伊勢神宮となって史上に現前する。天照大神に仕えるため、大来《おおく》（伯）皇女（大津皇子の姉）が潔斎《けっさい》の日々を送った泊瀬斎宮は、初瀬川の川上、今の小夫《おうぶ》の天神社付近にあったと伝えるが、この地を考える方が良い。

平安時代以降盛んになる"長谷詣"は、『源氏物語』や『枕草子』に記されて有名になる。『蜻蛉日記』、『更級日記』の作者たちも参詣し、女性たちは観

天神橋下の泊瀬石。滝倉信仰の巨大な磐座

音を慕った。長谷のみ仏こそまさに女そのもの、天照大神と同体であった。

　源俊頼は、「うかりける人を初瀬の山おろしよはげしかれとは祈らぬものを」という名歌を残した。芭蕉はこれを本歌に取り、「うかりける人をはつせの山桜」と吟じた。これが芭蕉の俳諧であった。

忍坂《おっさか》へ

　忍坂への道は、桜井駅の南口から南東に出る。国道一六五号線沿いにある巨大な茶臼山古墳から、過去の発掘により美しい玉杖が出土した。地元の伝承では、古代の主長・饒速日命《にぎはやひ》の墓とされる。この北西一帯に大伴氏の荘園、跡見《とみ》の田庄《たどころ》があった。

妹が目を跡見の崎の秋萩は
　この月ごろは散りこすなゆめ
大伴坂上郎女〈巻八・一五六〇〉

宗像神社と宝生流発祥の碑(左)

歌意・跡見の崎に咲いている萩の花は、どうぞ一月程は散ってくれるな。

　これは家持の叔母の郎女(旅人の妹)が跡見田庄で詠んだ歌だ。跡見は鳥見、登見とも記す。

　国道を少し歩むと右手に「登美山鎮座宗像《むなかた》神社」の大きな石標が見えて来る。ここは鳥見山の北麓で外山《とび》と呼ばれ、神武天皇鵄邑《とびむら》伝承地である。

泊瀬川跡見《とみ》の速瀬《はやせ》を掬《むす》び上げて
　飽《あ》かずや妹と問ひし君はも
作者不詳〈巻十一・二七〇六〉

歌意・泊瀬川のこの跡見の速い瀬を手ですくい上げて、いくら飲んでも飽かないのとは別に、私にもう飽きたか、と問うたあの人の方から心変わりしてしまった。

　古代は、今の外山から川へ下りたところに禊場があったのだろう。この歌碑は城島公園にある。

　宗像《むなかた》神社は天武天皇の長男、のちに太政大臣に進んだ高市皇子の創建になる。皇子の母は胸形《むなかた》徳善の娘、尼子《あまこ》姫であり、胸形(宗像)氏は北九州地方を本拠とする海の豪族だった。母方の氏神をここに祭っ

忍坂坐生根神社

たのである。

——当社は神主の高階《たかしな》氏、その弟で有名な武将・玉井西阿《たまいせいあ》（『太平記』に記す三輪西阿）が出て南朝方に属し、共に討死したため、中世以降は衰えて、表向きは春日神社となっていた。これを考証、復興に尽力したのは、幕末の国学者・鈴木重胤《しげたね》であった。その復興の志を述べた歌、「とみ山やうづもれはてし神やしろふたたびここにさかえそめけり」。

当社はまた能楽・宝生《ほうしょう》流の発祥地でもある。神社入口に石碑が立つ。世阿彌（観世座）の弟・蓮阿彌をその流祖としており、父・観阿彌（山田座）も兄も多武峯（今の談山神社）に保護された能役者だったから、宝生流も多武峯とのかかわりがあったのであろう。宝生流は今も古式を残すという能の名流である。——

赤尾にある忍坂山口坐神社は、大和六所山口神の一つの式内社。外見は小さな杜《もり》だが、境内に入ると樹齢千年ほどの楠の大木がそそり立つ。忍坂坐生根《いくね》神社は忍坂山の西麓にあり、本殿はなく、山を御神体とする古社である。忍坂は古く「おしさか」とも呼ばれ、おしは押または大《おお》の意。神武天皇忍坂大室屋《むろや》の伝承地で、継体天皇が即位する以前、男弟王《おおど》と呼ばれた頃住んでいた意紫沙加宮《おしさかのみや》も当地にあった。

円錐形の美しい姿を見せる忍坂山（外鎌山▲二九二m）は、その形から大和富士とも呼ばれる。西麓に飛鳥萬葉時代を開花させた舒明天皇陵がある。陵のかたわらの小川に沿った細道を少し登ると、明るい小盆地に鏡女王《かがみのひめおおきみ》の墓がある。

「秋山の…」の萬葉歌碑。せせらぎのなかに、ひっそりと立つ

秋山の木《こ》の下隠《したがく》り行く水の
我こそ益さめ御思《みおも》ひよりは

鏡女王〈巻二・九二〉

歌意・秋の山の木の下陰を流れゆく水が、表面には現れないように、私の心は外から見えないでしょうが、あなたの心持ちよりはずっと深いでしょう。

忍坂山口坐神社の杜の神木と、左に忍坂山

この歌は天智天皇のお歌「妹が家もつぎて見ましを大和なる大島の嶺《ね》に家もあらましを」〈巻二・九一〉に答えられたもの。

女王は近江国の鏡王の娘で、妹の額田王とともに高級巫女の兄媛《えひめ》・弟《おと》媛として天皇に仕えた。鏡女王はのちに藤原鎌足の正妻となり、鎌足亡きあとの藤家を盛り立てた。今の奈良・興福寺は女王の建立である。『書紀』によれば、天武天皇十二年（六八三）七月、天皇自らその病を問うという光栄を得た。

二人が情を交わし初めた頃の唱和の歌が巻二にのっている。

たまくしげ蔽《おほ》ふを易《やす》みあけて行《い》なば
わが名はあれど君が名はをしも
鏡女王〈巻二・九三〉

歌意・二人の間をないしょにしておくのは、易いことだと安心して、ぐずぐずして、夜が明けてから帰ったら人が気づく。私はよいとしてもあなたが評判になるのは残念です。

たまくしげ三室《みもろ》の山のさな葛《かづら》さ
寝ずばつひにあり敢《か》つましじ
藤原鎌足《ふじわらのかまたり》〈巻二・九四〉

歌意・あなたはそんなに早く帰れとおっしゃいますが、寝ないで帰ることが出来ましょうか。どうしてもそれではしんぼう出来ず、生きていられまいよ。

右の「秋山の…」の歌碑は、歌の情趣にふさわしく、陵《みささぎ》みちの小川の流れに沿って、そっと据えられている。石ぶみをここと定めた人は、きっと詩人のこころを持つ人だったのであろう。

君待つと我が恋ひをれば我が宿の
簾《すだれ》動かし秋の風吹く
額田王《ぬかたのおほきみ》〈巻四・四八八〉

歌意・今にもあの御方がお出になるか、と待ちこがれていると、そのさきぶれのように秋風が私の家の簾を動かして、吹き込んで来た。

石位寺三尊石仏

これは額田王が天智天皇を偲んで詠《よ》んだ歌。風が吹くのは恋しい人の来る前兆である。——忍坂の集落から少し登った丘に石位寺があり、その三尊石仏が額田王の念持仏だと考証したのが、桜井市出身の文芸評論家・保田與重郎であった。仏の唇にはほのかに朱が残り、愛らしくもなまめかしいみほとけである。

粟原《おおばら》の塔

忍坂の南東、粟原川の段丘上に広がる村が粟原である。宇陀から峠を越えて村中を下って来る道が半坂《はんざか》（宇陀《うだ》の埴坂《はにさか》）で、神武天皇が初めて大和へ入った、「男坂《おさか》」の伝承地とされている。

——集落の高みにあるこんもりとした森に、国史跡の粟原寺跡があり、三重塔や金堂の礎石が残っている。寺は粟原川の氾濫《はんらん》により、一夜で消失し、仏像をはじめもろもろの重宝が流されたという。塔は二十m余あったという。現在、談山神社の所蔵する国宝「粟原寺三重塔伏鉢《ふくばち》」はその塔の相輪《そうりん》の一部で、

粟原寺跡

巨大なおわんを伏せたような鋳銅《ちゅうどう》製の金メッキをほどこした表面には、百七十二字の銘文が刻まれている。銘によれば、持統天皇の時、中臣大嶋《なかとみのおおしま》（藤原鎌足のいとこの子）が草壁皇太子の追福のため造営を初め、大嶋の死後その遺志を比売朝臣《ひめあそん》額田が引きついで、二十二年後の和銅八年（七一五）に三重塔が完成した、という内容である。この比売朝臣を晩年の額田王とする説が古くからある。

古に恋ふらむ鳥は時鳥《ほととぎす》
けだしや鳴きし我が恋ふるごと
額田王《ぬかたのおおきみ》〈巻二・一一二〉

歌意・あなたのおっしゃる、その昔を恋しがって鳴いている鳥はホトトギスです。わたしが先の天皇を慕うているように、もしや、鳴きはいたしませんでしたか。

持統天皇の吉野行幸の時、弓削《ゆげ》皇子（天武天皇男子）が大和にいる老いた額田王に贈った歌、「古《いにしへ》に恋ふる鳥かも楪《ゆづるは》のみ井の上より鳴き渡りゆく」〈巻二・一一一〉に答えた歌。——この歌碑は粟原寺跡に建つ。

時鳥を聴く名所としても知られた倉橋《くらはし》山（音羽《おとわ》山）

は、死者の霊魂を運びまた呼ぶ鳥の信仰が古代からあった。音羽観音寺の御詠歌「ほととぎすかつ訪れて音羽山心の闇のあかつきの声」には、その古代信仰の姿が秘められているようだ。

鏡女王、額田王の姉妹は忍阪から粟原一帯にゆかりをもっていたのであろうか。——粟原寺跡のすぐ下には、村の鎮守《ちんじゅ》の天満神社があり、ここも由緒ある寺の境内《けいだい》だったのであろう。付近には、大門、鐘撞堂などの小字《こあざ》が残っており、ここからの風景は、早春の梅の花の咲く頃がことによい。

国宝・大和国粟原寺三重塔伏鉢
〈談山神社蔵〉

初瀬川

小夫《おおぶ》の山中から南に流れ、長谷寺の傍を過ぎ西に向かい、朝倉・三輪を経て、北西に折れ佐保川と合流し、大和川と名を変える。

慈恩寺跡

大字慈恩寺の北東方にある。三輪山の中腹の寺跡に奈良時代の古瓦なども出土し、大寺であった。その下方周辺の地名「せんぼうじ」は千坊寺であり、玉列神社の西の谷に「谷の坊寺」の地名もあった。

玉《たま》列《つら》神社

『延喜式』式内社で大神《おおみわ》神社境外摂社。祭神は大物主命の御子神という玉列王子で、玉椿大明神ともいう。

春日神社

本殿は三間社春日造、極彩色の蟇股《かえるまた》を向拝や身舎《みや》に入れるなど、室町初期の形式をよく残している。社前を伊勢本街道が通る。

白《しら》山《やま》比《ひ》咩《め》神社

祭神は相殿に菅原道真《すがわらみちざね》を祀る。境内に保田與重郎筆の「萬葉集發耀讃仰碑《はつようさんぎょうひ》」と、歌碑〈巻一・一〉がある。古くこの黒崎の名物は灸《きゅう》のモグサと松屋饅頭で、伊勢参りや長谷寺詣りの人々に知られていた。

泊《はつ》瀬《せの》朝《あさ》倉《くらの》宮《みや》跡

雄略天皇が初めて楼閣《たかどの》を築いた宮で、黒崎の「天ノ森」付近、または岩坂の十二神社付近などの説があるが、岩坂は地形的に山に入り込みすぎているようだ。昭和六十一年、脇本にて宮跡とする遺跡が発見された。

出雲人形

長谷寺詣りの土産《みやげ》として有名で、〝犬のり子、たわらねずみ〟など、昔ながらの泥人形である。

十二柱神社

天神七代地神五代の諸神を祭る。武烈天皇泊瀬列城宮《はつせなみきのみや》跡は、神社の旧地・御屋敷とその東方にあった。この出雲は国技相撲祖・野見宿禰《のみのすくね》の出生地ともいい、墳墓は神社の南方の「塔の本古墳」と伝えている。供養石塔は境内に移されている。

長谷坐山口神社

式内大社で小字手力雄《てぢからお》にあり、大泊瀬山（天神山）の西麓に位置する。祭神は大山祇命《おおやまつみのみこと》と手力雄《たぢからお》神《のかみ》で、当地に倭姫命の「磯城厳橿《しきのいづかし》が本《もと》」があったと伝える。丘上の愛宕《あたご》神社は六世良誉和尚が家綱の疱瘡《ほうそう》の平癒を祈り効あり、武蔵の愛宕権現を勧請したという。

法起院

徳道上人の創建で、上人は天平七年（七三五）に齢八十で入寂《にゅうじゃく》した。元禄八年（一六九五）に再建され、寺の中には徳道上人廟がある。

与喜天満神社

天暦二年（九四八）里人の神殿大夫武磨の創建で、現社殿は第三十九代能化唯阿《のうけゆいあ》僧正が文化十五年（一八一八）に改築上棟した。左右に摂社がある。神像は「怒り天神」といわれ、忿怒《ふんど》等身大の坐像である。天神橋を渡り八五段の石段と鳥居をくぐると、一八六段の石段の途中に与喜寺跡がある。本居宣長は、ここが長谷坐山口神社の地と推定した。天照皇大神信仰の重要な源流の地。

化《け》粧《はい》坂

天照大神を奉じて倭姫命《やまとひめのみこと》が伊勢に向かう時、化粧した遺跡と伝える。「長谷の舞台から化粧坂見れば、お伊勢まいりが笠下げて」（〝長谷音頭〟の一節）。

素《す》盞《さの》雄《お》神社

連歌橋を渡り『源氏物語』ゆかりの「玉葛庵《たまかづらあん》跡」（現在は廃絶）の手前を北に入る。牛頭《ごず》天王社ともいい古くは長谷寺守護神の一つであった。

鍋《なべ》倉《くら》神社

祭神は大国主命の娘、下照姫で、もとは与喜山に鎮座していた。延喜式内社。明治四十年頃、北隣の牛頭天王社境内の向って右側に移した。

公《い》孫《ちょう》樹

雄樹で高さ四〇m、周囲は七・一五mあり、県下では屈指の巨樹〈県指定天然記念物〉。

供《く》養《よう》塔《とう》

『新古今集』撰者の歌人・藤原家隆はここに住んでいたらしく、供養のためか十三重石塔婆が境内にある。

苔《こけ》の下水

本殿の左脇に泉がある。大雨でも増水せず、濁らず、旱魃《かんばつ》にも減水しない。山辺の郡より流れて来ると伝えられている。

長谷寺

石観音

門前の桜馬場の片隅にある十一面観音石像で「石観音」と称す。長谷寺本尊と同形式で自然岩に陽刻されている。

普門院不動堂

案内所の上にある。本尊木造不動明王坐像は像高七六㎝の彩色像、藤原時代作。〈重要文化財〉。

仁王門

一山の総門で両脇に仁王像があり、楼上には十六羅漢を安置している。一条天皇の御代（九八六～）に創建され、慶安三年（一六五〇）徳川家光により再建されたが、明治十五年に焼失した。その後に再度建立された〈重要文化財〉。正面の額は後陽成天皇の御宸筆《ごしんぴつ》である。

道明上人廟

松香石の九重層塔である。開基道明上人は、天武天皇朱鳥元年（六八七）天皇の御病気平癒を祈り、本長谷寺と三重塔を西岡に建立し、「千仏多宝塔銅盤」（法華説相図銅板〈国宝〉）を造り、三重塔の本尊仏とした。

登廊

南都春日社司、中臣信清《なかとみのぶきよ》が悪瘡《あくそう》に悩む嫡子《ちゃくし》・信近を救われたので、観音に報謝すべく長暦三年（一〇三九）建立し、慶安三年（一六五〇）徳川家光再建。明治十五年、中・下の両廊罹災《りさい》し、同二十七年再建落成したもの。仁王門から本堂に到る三百九十九段の登廊《のぼりろう》で、上・中・下の三廊に分け、その曲り角付近には、無明橋・天狗《てんぐ》橋・天狗杉があり、次の曲り角の蔵王堂の傍には「紀貫之《きのつらゆき》故郷の梅」碑がある。登りきると鐘楼があり、尾上鐘《おのえのかね》（未来鐘）が吊《つ》ってある。その少し手前に馬頭夫人社がある。蔵王堂から北東へ降りると、二本杉があり、藤原定家の塔と伝える五輪塔、俊成の碑などがある。登廊は〈重要文化財〉。

滝《たき》蔵《くら》三社（三社権現）

桜井市滝倉の滝倉山の本社から、当山の地主神として天平五年（七三三）徳道上人が分霊勧請し、慶安三年（一六五〇）徳川家光が再建した。明治維新後、祭神は与喜天満神社へ移し、ここにはその本地仏本尊虚空蔵菩薩（中央）、地蔵菩薩（向って右）、薬師如来（向って左）の銅像を安置している。

能満院地蔵堂

求聞持堂《ぐもんじどう》を正徳三年（一七一三）に建立。本尊は虚空蔵菩薩。地蔵尊は日を切って願えばかなえられるという。

本堂

聖武天皇の命により、徳道上人は神亀《じんき》四年（七二七）現在の東岡に起工して、天平十九年（七四七）落慶供養を行った。勅使は中納言奈弖麿《なてまろ》、導師は菩提《ぼだい》（僊那印度僧）、呪願師は行基僧正で盛儀を極めたという。正保二年（一六四五）、徳川家光の命により奈良奉行中坊美作守時祐総奉行となり、慶安三年（一六五〇）竣功。建物は内陣重層・外陣単層・入母屋寄棟造《いりもやよせむね》、桁行《けたゆき》約二七m、梁行《はりゆき》約二六mである。舞台は約一二m四面の宏壮《こうそう》な殿堂で、清水寺・石山寺と共に〝三舞台〟として知られている〈国宝〉。

本尊・十一面観世音立像

養老四年（七二〇）徳道上人は、十一面観世音像を作るため霊木を東岡に引き、天平元年（七二九）道慈律師が御衣木の加持を行い、唐の稽主勲《けいしゅくん》・稽文会の二人で、二丈六尺（約八・五m）の霊像を作り、天平五年開眼供養を行った。導師は行基僧正、呪願師は義暹《ぎせん》大徳、その他百僧が参列した。現存の本尊仏は天文七年（一五三八）の彫像、御衣木加持とも東大寺仏生院実清良覚の作である。西国三十三ヶ所第八番札所で、本尊に限り右手に錫杖を持っている。そのために観音・地蔵合体の尊体という〈重要文化財〉。

五重宝塔

三重塔は、天武天皇が道明上人に命令して創建され、慶長年間に豊臣秀頼が再建した。しかし明治九年三月に焼失した。五重塔の建立は、昭和二十八年四月立柱式、昭和二十九年十月完成、十一月落慶供養を行った。

奥の院

菩提院には興教大師自作の像を安置し、堂裏に豊臣秀長の墓もある。興教大師堂・専誉僧正御廟がある。

講堂

第九世来意能化創建。天正十一年（一五八三）専誉上人が移り住んで以来、中性院小池坊と称した。寛文七年（一六六七）徳川家綱建立、安永九年（一七八九）再建、明治四十四年一月被災、大

正十二年十月竣工したものである。本尊は伝・運慶作の阿弥陀如来像、真言八祖・宗祖覚鑁《かくばん》上人・派祖専誉上人などの等身像。

茶《ちゃ》臼《うす》山《やま》古墳

鳥見山《とみやま》の北にある全長二〇七mの前方後円墳で、竪穴式石室がある。前方と後円の接点に南北朝の武将・三輪西阿《みわせいあ》の墓がある。

宗《むな》像《かた》神社

天武天皇の皇子、高市皇子がその母方の祖神、筑紫の宗像三神を迎えて飛鳥の守護神にしたと伝える。『延喜式祝詞講義』などの著者で有名な国学者・鈴木重胤の運動によって再建された。

宇陀ヶ辻

片岡我童が脳病に罹《かか》ったとき、舒明天皇陵に参拝したところ、病気平癒したので全快祝いに忍坂地区民に手拭《てぬぐい》を配り、この辻に記念碑(標石)を建てたという。明治二十七年のことである。

忍坂山口坐神社

式内大社。大和六所山口神の一つで大山祇命《おおやまつみのみこと》を祭神とする。楠の巨木の神木があり、足利義満が京都北山に金閣寺建立のとき、その天井板とした大楠はこの境内の一本を用いたという。

忍坂坐生《いく》根《ね》神社

式内大社。祭神は少彦名神《すくなひこなのかみ》で、宮山を神体とし本殿はなく、拝殿・鳥居・玉垣がある。

舒明天皇陵

天皇崩御ののち皇極天皇元年(六四二)飛鳥の滑谷岡《なめはざまのおか》に葬り、翌年に押坂陵に改葬された。下方三壇・上円二壇の上円下方墳で、古来より頭の病や神経病等に効験があると伝えられる。

田村皇女押坂墓

押坂彦人大兄《おしさかのひこひとおおえ》皇子の妃で、舒明天皇の御母にあたる。天皇と同じ兆域内に合葬している。

鏡女王《かがみのひめおおきみ》押坂墓

天智天皇の妃になった後、藤原鎌足の正妻となる。毎年六月、ゆかりの談山神社から神職が来て、墓前で祭典が行なわれる。

大伴《おおともの》皇女《ひめみこ》押坂内墓

鏡王女墓から山の方へ五〇m上にあり、上円下方の小墳墓である。欽明天皇の皇女。

石《いし》位《い》寺《でら》

民家の中の丘の上に建つ。飛鳥時代末期(白鳳期)の「石像浮彫伝・薬師三尊像」は高さ一・一五m〈重要文化財〉。額田王の持仏とする説がある。

天王山古墳

字赤阪にある。六世紀後半の代表的方形墳で、横穴式石室の中に巨大な刳抜《くりぬき》式家形石棺があり、古くから崇峻天皇陵との説がある。二号墳（西側）は天王山古墳の二分の一程度の方墳で、横穴式石室がある。三号墳は、（北側）墳上の規模は小さいが二段築成の円墳で横穴式石室がある。

粟原寺跡

桜井市粟原《おうばら》の天満神社の裏には寺跡があり、そこには礎石が十数個あって塔跡と金堂跡が残っている。中臣大嶋は、故・草壁皇太子の菩提を弔《とむら》うために誓願をたて、その遺志をついで姫朝臣額田が敬造した。持統八年（六九四）から和銅八年（七一五）までの間に、丈六釈迦仏像を鋳造し金堂に安置した。また三重の宝塔を起こしその志を成し遂げ、あわせて大嶋のために冥福を祈ったという。塔の遺品には国宝の伏鉢があり、刻まれた一七二字の銘文により寺の建立のいわれが分かる。

塔心礎

直径約一・八ｍの巨石で、表面に径八二・七㎝、深さ三・七㎝の円柱孔がある。

十三重石塔

伝説により「鶴の子の塔」ともいい、鎌倉時代後期の作。高さ約三・五ｍ、相輪は欠損している。

七、磐余・多武峯の道

摩尼輪塔（重要文化財）
談山神社へ到る、
最後の道のほとりにある。

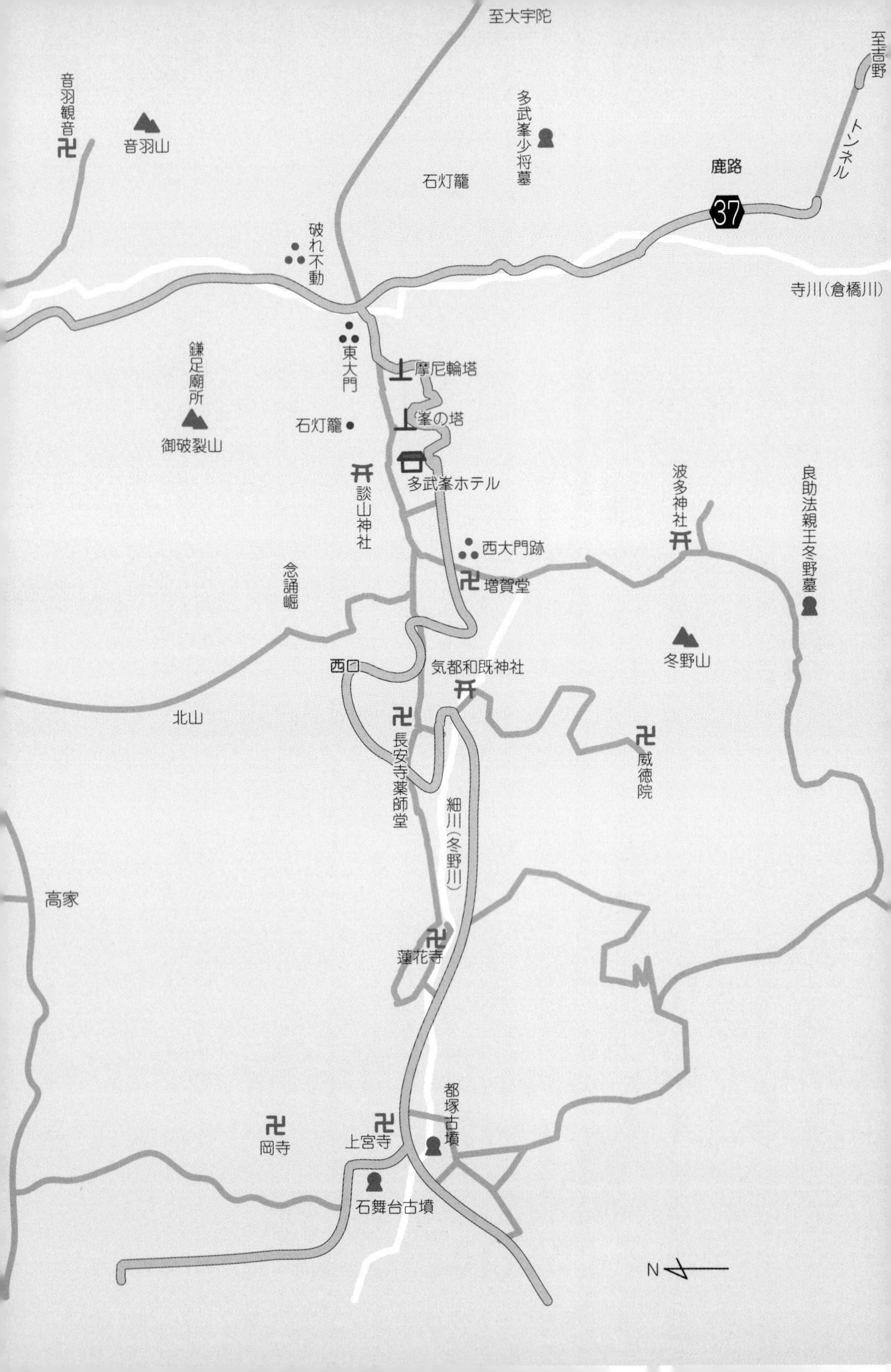

至大宇陀
至吉野
音羽観音
音羽山
多武峯少将墓
鹿路
トンネル
石灯籠
37
破れ不動
寺川（倉橋川）
鎌足廟所
東大門
摩尼輪塔
峯の塔
石灯籠
御破裂山
談山神社
多武峯ホテル
波多神社
良助法親王冬野墓
西大門跡
増賀堂
念誦崛
冬野山
西口
気都和既神社
北山
長安寺薬師堂
威徳院
細川（冬野川）
高家
蓮花寺
都塚古墳
岡寺
上宮寺
石舞台古墳
N

7.磐余・多武峯の道

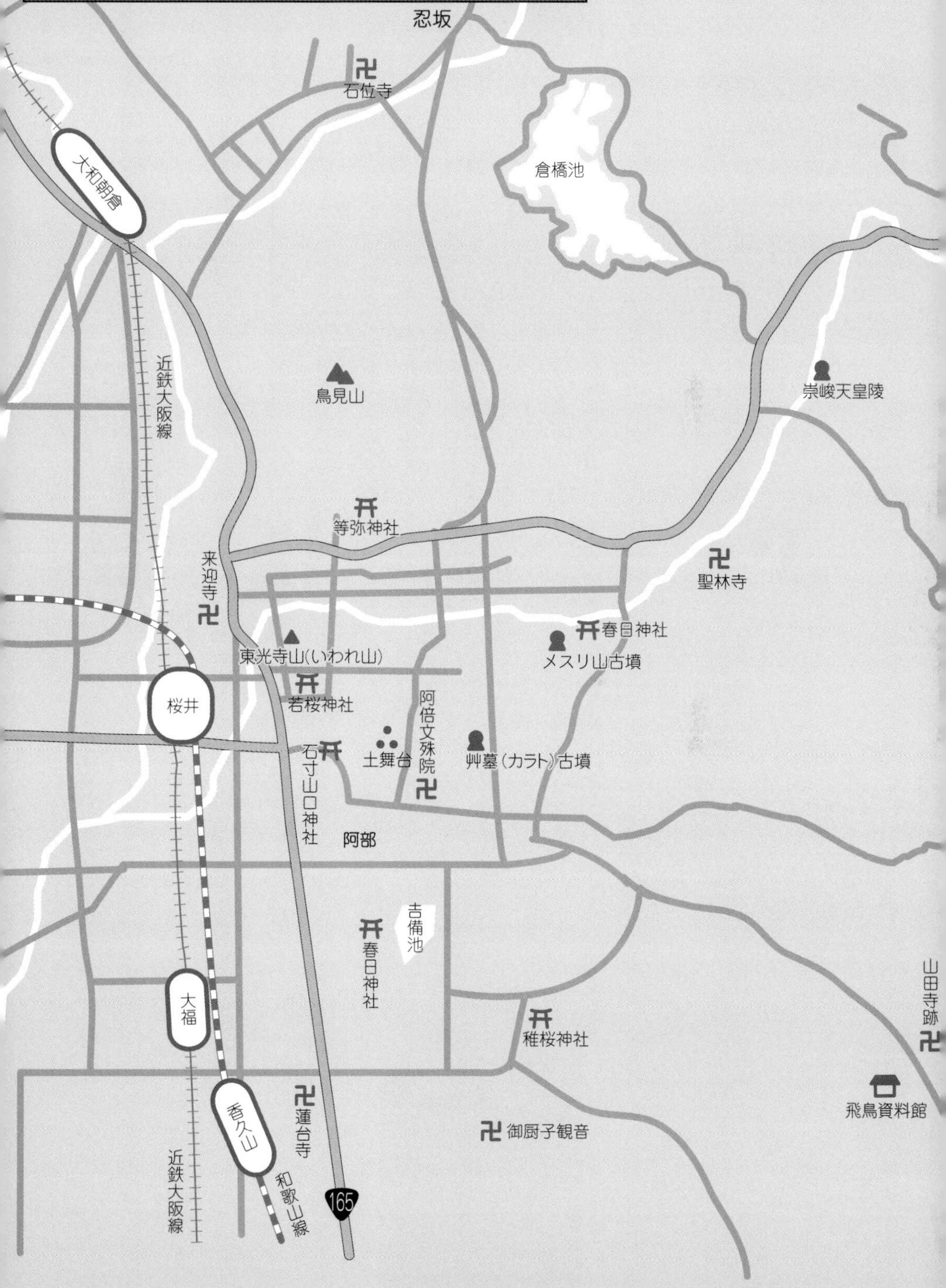
忍坂
石位寺
倉橋池
大和朝倉
近鉄大阪線
鳥見山
崇峻天皇陵
等弥神社
来迎寺
聖林寺
春日神社
メスリ山古墳
東光寺山(いわれ山)
桜井
若桜神社
阿倍文殊院
石寸山口神社
土舞台
艸墓(カラト)古墳
阿部
吉備池
春日神社
山田寺跡
大福
稚桜神社
飛鳥資料館
香久山
蓮台寺
御厨子観音
近鉄大阪線
和歌山線
165

山田寺跡

七、磐余・多武峯の道

磐余《いわれ》

飛鳥時代、飛鳥京の重要な政治道路として大和平野を東西に走る幅四二・五mの大道が、横大路であった。このみちは河内から竹内峠を越え大和に入り（竹内街道）、現在の桜井市谷の小西橋付近まで延びていた。——

ちなみに大和平野を南北に通じていた三道が、上《かみ》ツ道（現・国道二十四号線）、中《なか》ツ道（現・田原本町村屋から香具山の西を通る）、下《しも》ツ道（現・国道一六九号線）で、さらに東の山沿いに山の辺の道が走っていた。

飛鳥から東へ山田寺のほとりを行く道が、山田の道（現・桜井明日香吉野線）で、それに北東へ連なるのが磐余《いわれ》の道であった。

谷の小西橋へ。
横大路のおもかげをしのぶ道路

つぬさはふ磐余《いはれ》も過ぎず泊瀬《はつせ》山
何時《いつ》しか越えむ夜は更けにつつ
春日老《かすがのおゆ》〈巻三・二八二〉

歌意・まだ磐余の村さえ通らない。泊瀬山は何時越えるのであろう。夜は段々更けてゆくばかりだ。

山田寺は大化改新の功臣、蘇我山田石川麻呂の創建で、四天王寺式大伽藍を誇った。現在は野原に礎石の点在するばかりである。——

磐余の道に入ってしばらく行くと阿倍文殊院がある。道は急坂にさしかかり、坂を下ると眼前に堂々たる姿の倉橋山（音羽山）が現れる。県立桜井情報商業高校のグランドに接する道のほとりに、「磐余道」の道標が立つ。この南方の丘が磐余山だ。

「磐余道」（井上靖・書）の道標。
森の向こうは阿倍文珠院の丘

つぬさはふ磐余の山に白栲《しろたへ》に
懸かれる雲は大君《おほきみ》ろかも
作者不詳〈巻十三・三三二五〉

歌意・磐余の山に、白栲の布を引いたように、白くかかっている雲は、皇子さまであるのか。

戒重の春日神社（他田宮）。大津皇子の訳語田の舎はこの付近にあった

これは長歌の反歌。磐余山は今の桜井市谷の東光寺の山号として、磐余は来迎寺付近の地名として残った。いわれは神武天皇軍が当地に進軍して充満《いわ》んだので、それを地名起源伝承としている。即位した天皇は、神日本磐余彦天皇《かむやまといわれひこのすめらみこと》と称した。磐余に宿る国霊《くにたま》を名としたのである。

桜井児童公園の南の坂道のほとりに、「土舞台」の石標が立つ。この上の丘が聖徳太子が設立したわが国最初の国立劇場の故地で、子供たちに中国伝来の伎楽を習わせた。

土舞台の石標を左に折れるとすぐ、通称・こも池があり、南の杜に式内社の石寸《いわれ》山口神社（大和六所山口神の一つ）が鎮座している。祭神は大山祇神《おおやまつみ》。古くは双槻《なみつき》神社と称されており、神聖な槻の木を神体としていたのであろう。用明天皇の磐余池辺双槻宮、斉明天皇が多武峯に営んだ離宮・両槻宮と信仰上のつながりがありそうだ。この神社はま南にある高田の山口神社とともに、多《とう》武峯《のみね》の山霊を受ける祭りの庭であろう。

ももづたふ磐余の池に鳴く鴨を
今日のみ見てや雲隠《がく》りなむ
大津皇子《おおつのみこ》〈巻三・四一六〉

歌意・これまでは度々、磐余の池に来て遊んだが、その池の鴨ももう見納めだ。これを限りに私は死んでゆくことであろう。

大津皇子の訳語田《おさだ》の舎《いえ》は、桜井市戒重《かいじゅう》の春日神社（他田宮）付近にあった。当社は式内社の他田坐天照《おさだにいますあまてらす》御魂《みたま》神社に比定されている。——皇子は天武天皇を父とし、持統天皇の姉・大田皇女を母とした。体軀は堂々として、声も大きく、文武に優れ、特に日本の漢詩は彼から始まるといわれている。父・天皇の崩御《ほうぎょ》後わずか一ヶ月で謀叛の罪に問われ、朱鳥元年（六八六）十月に訳語田の舎に刑死する。歳二十四。姉の大伯《おおく》皇女の歌は、その悲劇を伝えあまりにも悲しく美しい（P.66〜67参照）。右の歌は皇子の辞世である。磐余池は今の桜井市吉備にある吉備池の堤に立つと、当時のおもかげをしのぶことが出来よう。磐余池はここよりさらに西にあったらしく、池之内、

等弥神社・「神武天皇聖蹟鳥見山中霊畤顕彰碑」（大嘗祭発祥の地）

東池尻などの地名がそのなごりだという。今の御厨子《みずし》観音の東に広がる低湿地に立てば、より実感を深めることが出来るであろう。

大津皇子の詩による辞世は、「臨終一絶」として『懐風藻』に収められている。

金《くがね》の烏は西舎に臨み　鼓の声は短命を催す
泉路に賓主無く　此の夕家を離れて向ふ

妃の山辺皇女は髪を振り乱して、素足で追って殉死した。時の人はこの様子を見て泣いたと伝えている。――

鳥見山《とみやま》

多武峯の道は、桜井駅から多武峯街道をたどって、談山神社へゆく約六㎞の道のりで、社寺旧蹟が数多く点在する歴史と文学のみちである。路線バスを利用しながら歩くのがよいだろう。――

式内社の等弥《とみ》神社の鎮座するなだらかな丘陵が鳥《と》見山《みやま》で、跡見、登見などとも書く。この山中に神武天皇は霊畤《まつりのにわ》を営み、秋の稔りを皇祖に捧げ、即位の祭りを行った。これが天皇一代一度の「大嘗祭《だいじょうさい》」の始まりであり、神社入口の「申大孝《おやにしたがうことをのぶ》」と刻む石碑（保田與重郎・筆）はそれを示している。

茂岡《しげをか》に神さび立ちて栄えたる
千代松《ちよまつ》の木の年の知らなく
紀鹿人《きのかひと》〈巻六・九九〇〉

歌意・この跡見山の茂岡に、神々しいほど古びて立っている、千年を待つとも見える、松の木の年のほどがわからないことだ。

山中には松の古木があった。松は〝待つ〟という言葉を連想させる。奈良時代にはこの一帯に大伴氏の跡見《とみ》の田庄《なりどころ》があって、いくつか歌に詠まれている。田庄とは荘園のことで、そこに別宅が建っていたのだ。

射目《いめ》立てて跡見《とみ》の岡辺のなでしこの花
ふさ手折り我は持ち去なむ奈良人のため
紀鹿人〈巻八・一五四九〉

歌意・跡見の丘辺に咲いている撫子の花よ。ふっさりと、沢山《たくさん》折って帰ろうよ。奈良の家にいる人のために。

等弥神社社頭の「申大孝」碑

これは旋頭歌《せどうか》である。いめは射部で、その猟人を大勢立てて、射《い》とめさせるということからとみの枕詞となったのであろう。これも紀鹿人の歌。大伴稲《おおとものいな》公《ぎみ》（旅人《たびと》の弟）が跡見の別宅にいた時、奈良から遊びに来て作った歌。紀氏も大伴氏も古代から続く名門であったが、この時代から新興の藤原氏に圧され、翳《かげ》りが見え初めていた。二人の交友と歌には、時代の背景を思わせる淡い感情が見える。

倉橋《くらはし》の山河

多武峯道沿いの倉橋の集落は、聖林寺から東の山《やま》傍《がた》に見えている。大和の古い村のたたずまいは美しく、日本の家郷の典型がここにあろう。

椋橋《くらはし》の山を高みか夜ごもりに
　出で来る月の光ともしき
間人大浦《はしびとのおほうら》〈巻三・二九〇〉

歌意・あ、月が出て来た。倉橋山は高いからか、夜の更けてから出て来る月の光が、ほんとにみごとなことだ。

「はしだての…」の萬葉歌碑。その背後にそびえるのが倉橋山（高齢者総合福祉センターより）

倉橋は椋橋とも書かれるのは、山中に神聖な椋《むく》の大木があったからであろう。――倉橋山（▲八二〇m）は現在、音羽《おとわ》山と呼ばれ、音羽観音の霊地として信仰と登山の人々に愛好されている。この山から昇って来る月は大きく、その澄みきった光は神秘的である。夜の大和に来てみなければ、古代人が月を待って行なった祭りのおもかげを直感することは出来ない。ここは『竹取物語』のかぐや姫の信仰の舞台だった。

かぐは赫《かが》の意で、姫は天上界の輝く神の化身であった。――

はしだての椋橋山に立てる白雲
　見まくほり我がするなべに立てる白雲
作者不詳〈巻七・一二八二〉

歌意・倉橋山に白雲が立っている。山を見ようとすればするほど、白雲が立ってじゃまをする。

はしだての椋橋川の川の沈菅《しずすげ》
　我が刈りて笠にも編まず川の沈菅
作者不詳〈巻七・一二八四〉

歌意・倉橋川の底にある菅、私はそれを刈ったが、まだ、笠に編まずにいる。

二首ともに旋頭歌《せどうか》で、「はしだて」は倉橋の枕詞である。はしだては、たてはしに通じて、立て梯子《はしご》のことだ。古代の倉は高かったのではしごを用いた連想からであるが、はしは神を迎える目じるしでもあり（柱・箸も同意）、また天上と地上を結ぶ懸け橋でもあった。山は月という天上他界に通じていたのであり、かぐや姫の物語はこの信仰がもとになっている。――右の二首ともに、自然物にことよせて恋愛の心理を述べた歌で、民謡調だ。

『古事記』に記されている速総別王《はやぶさわけのおおきみ》（仁徳天皇の弟）と女鳥王《めどりのおおきみ》の悲愛の逃避行は、ここ倉橋山のきびしい山坂を手に手をとって越えてゆく二人の姿があわれを誘う。「はしだての倉橋山を険《さが》しみと岩かきかねてわが手とらすも」（女鳥王の歌）「はしだての倉橋山は険しけど妹と登れば険しくもあらず」（速総別王の歌）。しかし、この唱和の歌には、死生を越えた男女の恋愛の喜びにあふれている。語り部の伝えた物語りであろう。

倉橋の集落のなかに、悲劇の帝・崇峻天皇の倉《くら》梯岡上陵《はしのおかのへのみささぎ》がある。天皇の皇居、倉橋柴垣宮《くらはしのしばがきのみや》も当地にあった。金福寺がその旧跡と伝える。――天武天皇はこの川上に、親祭《しんさい》（みずから神事を行う）のため、禊をして籠る宮を建てた。これは山上他界（山行き）をみちびく仮屋であった。「斎宮を倉梯の河上に堅つ」（『書紀』天武七年）。

倉橋のバス停の手前の三叉路を右（南方）へゆくと、多武峯の麓の山々が迫って来る。その今井谷の一帯が小倉山と推定されている。

夕されば小倉《をぐら》の山に鳴く鹿は
　今宵は鳴かず寝《い》ねにけらしも
　　舒明《じょめい》天皇〈巻八・一五一一〉

歌意・いつも日暮れになると、小倉山で鳴く鹿は、今夜は鳴かない。もう寝てしまったに違いない。

倉橋川の清流。天武天皇が神事のみそぎのために建てた倉橋斎宮もこの水辺にあったのであろう。

八井内の破れ不動

作者は天智・天武両天皇の父として飛鳥萬葉の時代を開花させた帝。をぐらは小暗(うす暗い)の意で、多武峯山中の昼なお暗い山を形容している。『竹取物語』には、かぐや姫の歌として「おく露の光をだにぞやどさましをぐら山にて何もとめけむ」がある。多武峯の寺のことを歌っているのだ。——小倉山は山城の京都に都移りがあった時、そのまま地名として持って行かれた。嵯峨の小倉山である。古い地名には国霊《くにたま》が寓《やど》っていると信じられていたので、捨て難いものであった。語り部が伝えたその土地の歴史を集約したものが地名だった。——藤原定家は小倉山荘にて、百人の秀歌を撰んだ。これが「小倉百人一首」である。——今井谷の八講桜は桜井市天然記念物。樹齢三百年余。その名は多武峯の村々が八つの組を結び輪番で営む「八講祭《はっこうさい》」にいわれを持ち、この祭りには村人によって謡曲が奉納される。これは室町時代に談山で盛行した「多武《とうの》峯《みね》八講《はっこう》猿楽《さるがく》」の影響といわれている。

多武《たむ》の里

衣手《ころもで》をうち多武の里にあるわれを
　知らずぞ人は待てど来ずける
笠郎女《かさのいらつめ》〈巻四・五八九〉

歌意・着物をうちたむという、その多武の里にわたしが住んでいるのもしらないで、あの人は待っても来ないでいる。

笠郎女は大伴家持の愛人で、多武の里に別宅があったのであろう。笠は奈良の三笠山とするが、桜井市の笠には奈良期創建の笠寺(竹林寺)があり、笠氏とのゆかりを思わせる。

下居《おりい》は多武峯の能に使用する小鼓の名器「女蔵折《めくらおり》居《い》」を生んだ里として知られている。——青山はいよいよ深くなる。不動滝から急坂を登ると針道の村がある。桃源郷ともいうべき美しい村だ。

多武峯の西口付近からの眺望。右のこんもり茂ったところが念誦崛(両槻宮跡)で、増賀上人墓所がある。左は飛鳥故京のすばらしい眺め

新墾《にひはり》の今作る路さやかにも
聞きてけるかも妹が上のこと
人麻呂歌集〈巻十二・二八五五〉

歌意・新しく開いて今作っている道がはっきりしているように、いとしい人の身の上を聞くさえ、心持ちよく聞かれたことだ。

針は墾のことで、ここは古代に開かれた新墾《にいはり》の道であった。神武天皇伝承の「女坂《めさか》」の地と推定されている。ここからトンネルをぬけ大峠《おおとうげ》を越えると宇陀の宮奥で、源義経の生母・常盤御前のふるさと牧氏ゆかりの地であった。地侍の牧氏の祖は藤原氏と伝え、義経も文治元年（一一八五）に、談山を参詣している。

幕末、同じ道を大峠から下って来たのが、吉野での天忠組の乱の壊滅後、京都へひそかに向かおうとした土佐の楠目清《くすめせい》馬《ま》たちであった。下居付近で幕吏に発見され、楠目は自刃した。享年二十二だった。志士たちはみな清らかな青年が多かった。国の夜明けのためには、命を惜しまなかった。

不動滝から多武峯道へ戻ると八井内《やいない》で、多武峯御破裂（神山鳴動）の時に割れたと伝える破れ不動がある。ここは門前町として栄えた。談山神社の神域の入口、屋形橋を見て、吉野へぬける山道をゆくと同じく門前町の飯盛塚《いいもりづか》がある。村の名の起こりは、おわんを伏せたような形の山に桜が咲き乱れていたので、西行法師が名付けたという伝説がある。西行は吉野の住還にたびたびこの村に立ち寄ったのであろう、村の裏山中腹に如覚《にょかく》禅師の墓所がある。如覚は多武峯少将と通称された高名な歌人・藤原高光《たかみつ》のことで、「三十六歌仙」の一人として、「春過ぎて散り果てにける梅の花ただ香ばかりぞ枝に残れる」の優美繊細な歌を残した。『新古今集』には「神無月《かむなづき》風に紅葉の散る時はそこはかとなく物ぞかなしき」が取られ、この冷えさびた抒情は、中世文学のわび・さびに引きつがれてゆく。――父は右大臣師輔、母は醍醐天皇皇女雅子内親王という何不自由もない出自であったが、彼は突如二十二歳で出家し、比叡山に登り、さらに多武峯へ入山した。受戒の僧が増賀《そうが》上人といわれ、後年、そのゆかりからか上人を多武峯へ招く。叡山もすでに京都の俗風に染まっ

ていたのだ。高光は出家の出家を果たしたのである。西行は右の増賀の生涯を最も尊敬した。『撰集抄《せんじゅうしょう》』は多武峯の増賀墓参から始まっている。——芭蕉はこの両聖人の跡を慕ったのである。紀行文『笈の小文』に、〝西行のなみだをしたひ、増賀の信《まこと》をかなしむ〟と題して「何の木の花とはしらず匂かな　裸にはまだ衣更着《きさらぎ》の嵐かな」の二句を捧げている。

ひさかたの天ゆく月を網にさし
　吾が大君は蓋《きぬがさ》にせり
柿本人麻呂《かきのもとのひとまろ》〈巻三・二四〇〉

歌意・私が仕える皇子の威光は盛んなものだ。空をわたる月を網で通して、お側の人に引かせながら、翳《かざ》さしていらっしゃる。

大君は神にしませば真木《まき》の立つ
　荒山中《あらやまなか》に海をなすかも
同右〈巻三・二四一〉

長《なが》皇子（天武天皇皇子）が猟路《かりじ》の小野で遊猟した時、そのお伴に従いて来た柿本人麻呂が詠んだ長歌の反歌二首。猟路は今の鹿路《ろくろ》で、飯盛塚よりさらに吉野側へ一つ入った多武峯の東の山中の村である。一首目は談山神社東門前に歌碑として立っている。皇子一行は五月の鹿狩りに来た。その頃、新しく人工の池が掘られていた。それを皇族の威光として讃《ほ》め称えたのがその次の一首である。

歌意・皇子さまは神様でいらっしゃるから、その威光で、桧の生えている恐ろしい山中に海をこしらえなされることだ。

多武《たむ》の山霧

うち手折《たを》り多武《たむ》の山霧繁《しげ》みかも
　細川《ほそかわ》の瀬に波の騒《さわ》げる
作者不詳〈巻九・一七〇四〉

歌意・多武峯の山霧がみっしりと、いっぱいに立っているから、細川に水量が増して瀬には波がさわいでいることだ。

談山神社全景

現在の談山神社の鎮座する一帯を多武峯と呼ぶ。大和では多武峯の地名が即、談山《たんざん》の社《やしろ》を指すのである。とうのみねという呼び名は中世の音変化によるもので、古くは「たむの峯」と呼んでいた。幾重にも折り重なった山が湾曲《わんきょく》して、枝が撓《たわ》んだように見えるので、たむの称が生まれ、たわが峠になったとも考えられている。枕詞のうちは接頭語、たをりは撓《たわ》むことと同じで、曲っている様子を現して、多武に掛かるのである。みねは本来、神の山の意だが、嶺《ね》として広く頂上を指すようになった。

この多武峯が初めて文献に出るのは、『日本書紀』の斉明天皇二年（六五六）のことで、「田身嶺《たむのみね》に、冠《かうぶ》らしむるに周《めぐ》れる垣を以てす。復《また》、嶺の上の両《ふた》つの槻の樹の辺《ほとり》に、観《たかどの》を起《た》つ。号《なづ》けて両槻宮《なみつきのみや》とす。亦《また》は天宮《あまつみや》と曰《い》ふ。」という記述によれば、斉明女帝によって山上に楼閣形式の両槻宮と称した離宮が建てられた。近年の考古学の発掘調査により、有名な飛鳥の酒船石も、宮の宗教施設の一部であったとの説が出ている。両槻宮は談山神社の奥の院・念誦崛《ねずき》の地にあったと古くから伝えられ、両槻《なみつき》が母音交替して根《ね》槻《つき》となり、のちに仏家の付会で念誦崛の字を用いた。

万葉歌碑

右の歌は舎人《とねり》皇子（天武天皇皇子、贈太政大臣、『日本書紀』の編修総裁）に誰かが捧げた歌で、皇子の教育者だった漢学者の高向玄理《たかむこのくろまろ》を作者とする説もある。その贈歌に皇子自身が返した歌は…

ぬばたまの夜霧ぞ立てる衣手《ころもで》を
高屋《たかや》が上に棚引《たなび》くまでに
舎人皇子《とねりのみこ》〈巻九・一七〇六〉

歌意・夜霧が立っている。高屋の村の上に横に長く懸かるほどに、立っていることだ。

高屋が今の桜井市高家《たいえ》だといわれ、当地には舎人皇子の別荘があったと伝える。高家は談山神社の北西の山腹にある村。当時の人々は雲や霧に霊威を感じたのであり、単なる写生歌ではない。

ちなみにこの歌の原文は、

黒玉　夜霧立　衣手　高屋於　霏霺　麻天尓

とあり、この歌は柿本人麻呂歌集に収められていた。助詞や助動詞がはぶかれた略体で記されている。これは人麻呂たちの一族しか読めない歌で、鎮魂呪歌だったのであろう。柿本の一族は葬儀や鎮魂行事にたずさわっていたようだ。

御破裂山山頂・藤原鎌足墓所（多武峯墓）

かたらい山

我はもや安見児《やすみこ》得たり皆人の
得がてにすといふ安見児得たり

藤原鎌足〈巻二・九五〉

歌意・どうだ、私はねえ、安見児を手に入れたぞ。それ、誰も手に入れにくがっている評判の、安見児を手に入れた。

天皇に仕えた采女《うねめ》は本来高級巫女で、地方豪族の娘から召された。当時の信仰上、これを妻とするのは、難しかった。やすみとは天皇が休息（寝る）されることで、平安時代にはみやすみどころとなり、御《み》息所《やすんどころ》、つまり女御《にょうご》を指す言葉となった。――鎌足の人柄をそのまま伝えるような素朴で大胆な歌だが、当時美人のほまれ高かった采女に、宴席で即興的に歌い掛けた、ウィットに富んだ作と見た方が、何か楽しい。――鎌足は中臣氏の傍系に生まれ、「大化改新」の主導者として、一代で藤原氏の祖となった、古代を代表する英雄であった。没後、多武峯の山頂（▲六〇七m）に古墳が築かれ（『延喜式』諸陵寮の記載に「多武峯墓」とある）、その南の山腹に神霊が祭られた。これが談山《たんざん》神社の創祀《そうし》である。――談山（談《かたら》い山・談峯《だんぼう》・談所《だんじょ》ヶ森とも）は現在の本殿裏山の呼び名から起こったもので、中臣鎌足と中大兄皇子が密かに蘇我氏打倒の談合を行ったことに由来する。『多武峯縁起』の記すところである。ここが「大化改新」の発祥の地であった。

国学者・本居宣長《もとおりのりなが》が多武峯を訪れ、談山の社頭に額《ぬか》づいたのは、明和九年―安永元年―（一七七二）の三月、花ざかりの季《とき》であった。「いといかめしく、きらきらしくつくりみがかれたる有様、めもかがやくばかりなり。」（『菅笠日記』）とその社殿の豪華絢爛《けんらん》さを描写している。宣長は松阪の小児科医だったが、その『源氏物語』や『古事記』などの古典研究は、近世から近代の日本歴史を変革させる原因となった。「谷ふかく分け入る多武の山ざくらかひある花の色を見るかな」これが多武峯での作で、「かひ」は、「～した甲斐《かひ》」と「峡《か》

鎌足墓よりの眺望。手前、大和三山。二上山のかなたには、大阪湾も見える

谷《ひ》」とを掛けている。

宣長の出現がなければ、日本の近代国家成立はどれほど遅れたか分らない。また宣長は古典の学びを通して〝人間とは何か〟、〝日本人とは何か〟を追求した哲人でもあった。——近代の日本が生んだ最高の学術である「民俗学」は、柳田国男・折口信夫によって確立したが、彼らもまた宣長を慕った後学の人で、その学を「新国学」とも称した。

のちの学徒たちは宣長を〝神の如し〟と仰ぎ、その足跡を尋ねた。幕末の国学者で近世第一の歌人といわれた伴林光平《ともばやしみつひら》も、嘉永三年（一八五〇）の三月に同じく多武峯を訪れた。「やをら御社に詣でてうづくまる程、しばしたふとさにものも覚えず。」（『吉野の道の記』）と記している。わずか一ヶ月前に遷宮《せんぐう》を終えた談山の様子を描写した貴重な記録で、これが現在の談山神社本殿である。——「多武の山深谷《みたに》の杉のすぎし世を忍ぶ袂《たもと》に花ぞこぼるる」と詠んだ光平は、後年吉野での「天忠組の乱」に参加し、囚われて刑死する。純粋孤高の歌人が獄中に記した『南山踏雲録』は、幕末を代表する文学作品だった。

大和路を愛好する人は、一度は冒険をして多武峯の山頂（▲六〇七m）の鎌足墓と、二上山の雄嶽の山頂（▲五一七m）の大津皇子の墓のある場所に立って大和平野を眺めてみたいものだ。大和国は東と西にある二峰の山上に眠る巨大な威霊によって、鎮《しず》められていることを、きっと直感するであろう。…大和平野は霞の中に沈んでいた。そして、その霞のかなたに、きらきら光る黄金《こがね》のたゆたいが見えた——。海だった。

山田寺跡

蘇我倉山田石川麻呂が造寺に着手したが、途中で蘇我臣日向《ひむか》の讒言《ざんげん》にあい自殺をした寺である。その後も造寺を続け、天武十四年（六八五）佛眼を点じたという。昭和五十二年度より毎年、塔・金堂・講堂跡の発掘調査が行われた〈国特別史跡〉。

阿《あ》倍《べの》文《もん》殊《じゅ》院《いん》

桜井駅から南西一㎞のところにある文殊院は、日本三文殊の一つとして有名で「智恵の文殊」として知られる。本尊には文殊菩薩像（快慶・作）〈重要文化財〉を安置している。ほかに脇士・優填王《うてんおう》立像、須菩提《すぼだい》像、善財童子《ぜんざいどうし》像〈以上重要文化財〉等があり、特に善財童子像は快慶の作で、童形の彫刻物の中では最高傑作である。釈迦如来三尊像はもと多武峯妙楽寺（現・談山神社）講堂の本尊、維新後に当寺へ移された。大日如来坐像は安倍寺中期の本尊であったという。

西古墳特別史跡

すべて花崗岩《かこうがん》の切石で天井石は一枚石。中央部を薄く削りあげてアーチ状にしてある。左右両壁の大石の中央に二ヶ所縦線を刻み、二箇の石材のように見せて全体のバランスを保っている〈国特別史跡〉。なお寺の東にある東古墳は〈県史跡〉。

白山神社

向拝《こうはい》は唐破風《からはふ》で中備に蟇股《かえるまた》、その柱の木鼻、身舎《みや》の花肘木《はなひじき》など室町時代の様式をもつ〈重要文化財〉。

艸《くさ》墓《はか》（カラト）古墳

截頭方錐形《せっとうほうすいけい》古墳で、普通とは逆に刳抜式《くりぬきしき》家形石棺を据えてから、横穴式石室を作った珍しいものである〈国史跡〉。

来《らい》迎《ごう》寺《じ》

桜井市街の中にあり本尊は十一尊天得如来像である。また、木造地蔵菩薩立像は〈重要文化財〉で、「来迎の松」が前庭にある。付近に古代の地名「磐余《いわれ》」が残る。

若《わか》桜《ざくら》神社

東光寺山の南西方にあり、高屋安倍神社を合祀する。『延喜式』式内大社で土地の人々は安倍大明神と崇敬している。

石《いわ》寸《れ》山《やま》口《ぐち》神社

桜井児童公園の南、「こも池」の傍にあり、祭神は大山祇神《おおやまつみのかみ》。桜井市木材界繁盛の守護神で、式内大社。

土《つち》舞《ぶ》台《たい》

桜井駅から南へ一㎞の桜井児童公園展望台に碑が建つ。聖徳太子がここで「伎楽舞《くれのうたまい》」を学ばせた日本伎楽発祥の地。

春日《かすが》神社（他田宮《おさだ》）

近鉄桜井駅北口から線路に沿って西へ一㎞。敏達《びだつ》天皇は四年（五七五）、当地に訳語田幸玉宮《おさださきたま》を造った。式内社・他田坐天照御魂《おさだにいますあまてらすみたま》神社に比定される。天武天皇朱鳥元年（六八六）、大津皇子が訳語田の舎《いえ》で死を賜うとあるのもこの辺りだといわれる。

春日神社

吉備池土堤《きびどて》に大伯皇女《おおくのひめみこ》、大津皇子の歌碑があり、境内には同・皇子の辞世詩碑がある。北隣地に「神武天皇聖蹟磐余邑顕彰碑《いわれのむらのけんしょうひ》」がある。

稚《わか》桜《ざくら》神社

大字池之内にある現社地は、神功皇后、履中天皇が造られた磐余稚桜宮跡だといわれている。用明天皇磐余池辺雙槻宮《なみつきのみや》、継体天皇磐余玉穂宮《たまほのみや》などの史跡が付近にある。

御《み》厨《ず》子《し》観音

珍しい紙製阿弥陀如来像を祭り、山上の御厨子神社付近は、清寧天皇磐余甕栗宮《みかくりのみや》跡と伝えられており、磐余池は御厨子《みずし》山の東に想定される。

蓮台寺

聖武天皇の勅命による行基の開山といい、庭前にある吉備大臣墓と伝える五輪塔は、徳治二年（一三〇七）の銘があり、陶器製の興亜観音像を祭る。南方の大臣薮という所が吉備大臣邸跡と伝えている。

等《と》弥《み》神社

『延喜式』式内社。神武天皇「鳥見《とみ》山中霊畤《まつりのにわ》」の聖跡と定め顕彰碑が建てられた。上ツ尾社には天照大神《あまてらすおおみかみ》、下ツ尾社には高皇産霊神《たかみむすびのかみ》を祭っている。境内の数ヶ所に萬葉歌碑や文人の参拝記念句碑もある。境内付近一帯は縄文・弥生遺跡地で、太古から開けたところ。

談山神社一の鳥居

高さ七ｍ余りの談山神社の石造鳥居で、享保九年（一七二四）の建立。桜井駅の南二㎞にあり、傍の「初町石」とともに〈県指定文化財〉。

春日神社

大字上之宮にあり、聖徳太子の住まれた地と伝え、西側に全長二二四ｍの前方後円墳、メスリ古墳がある。

メスリ山古墳

初期大和政権の中心人物の墳墓と考えられ、高さ二・四ｍもある巨大な円筒埴輪が廻《めぐ》っていたので、メグリがメスリと訛ってその名となった。出土した鉄の弓矢はここが唯一のもの。

聖《しょう》林《りん》寺

本尊の地蔵菩薩は高さ五・五m、丸彫《まるぼり》の丈六石造坐像である。有名な木心乾漆十一面観音立像は奈良時代の整美した優秀作で〈国宝〉。三輪の大御輪寺本尊であった。

崇《す》峻《しゅん》天皇陵

桜井駅南口から談山神社ゆきバスで〝倉橋〟下車すぐ。倉梯岡上陵《くらはしのおかのへのみささぎ》といい、域内の観音堂に聖徳太子、崇峻天皇の尊牌《そんはい》を奉安するという。堂前に名木トガサワラの老樹があり、天皇の倉梯《くらはし》柴垣宮《しばがきのみや》跡を域内とする説もある。付近に金福寺、倉橋神社、下居《おりい》神社がある。

音羽観音

談山神社ゆき〝下居《おりい》〟バス停下車、登山二km、音羽山(▲八五〇m)中腹にある。眼病に霊験のある本尊の十一面観音菩薩立像は、多武峯の表鬼門除けとして安置され、善法寺とも称す。

破《わ》れ不動

談山神社門前の八井内《やいない》にあり、慶長十二年(一六〇七)御破裂山鳴動で二つに割れたものだといわれている。またこの巨岩に、不動明王立像が刻まれている。

東大門

〝多武峯〟バス停下車すぐ。享和三年(一八〇三)建立の東大門に、御家流書道の始祖、尊円法親王染筆《せんぴつ》で薬研彫《やげんぼり》の「下乗石」がある。

摩《ま》尼《に》輪《りん》塔《とう》

一町ごとに建てられた「町石」〈県指定〉を一つ二つと拝みながら山を登り、最後に八角塔身上部に梵字を彫った円盤にぬかずくと、妙覚究竟《みょうかくきゅうきょう》の如来位に達するという。乾元二年(一三〇三)建立〈重要文化財〉。

峯《みね》の塔《とう》

藤原不比等の墓と伝える十三重石塔で、台石に永仁六年(一二九八)大工井行元《いのゆきもと》の刻銘がある。

石灯籠

後醍醐天皇の御寄進と伝え、竿に元徳三年(一三三一)の刻銘があり、火袋に特色がある〈重要文化財〉。

談山神社

桜井駅南口から談山神社ゆきで二十五分、終点下車すぐ。神像御破裂と廟山鳴動《びょうざんめいどう》は、大織冠《たいしょくかん》鎌足公の神異として知られた。明治維新の廃仏棄釈により、妙楽寺護国院は廃され、談山神社となる。旧・別格官幣社第一の社格を誇った。

本殿

鎌足の長子定慧が大宝元年(七〇一)父の霊像を安置し、聖霊院と名付けた。これが現在の本殿である〈重要文化財〉。

拝殿

旧・護国院。永正十七年(一五二〇)の創建で、前面を舞台造りとし、殿内中央天井はキャラ香木で作られている。東透廊に神楽《かぐら》殿、西透廊に楼門と授与所がある。隣接の東・西宝庫は共に校倉《あぜくら》造り〈以上重要文化財〉。

東《とう》殿《でん》

寛文八年(一六六八)に定慧をまつる本願堂として創建し、現在は摂社で、鏡女王・定慧和尚・不比等を合祀、若宮とも称し、恋神社とも呼ばれ、えんむすびの神〈重要文化財〉。

十三重塔

わが国に現存しているただ一つの木造十三重塔。方三間・朱塗・桧皮葺《ひわだぶき》で相輪は珍しく七輪である。定慧の創建と伝える塔は焼失し、現在のものは享禄五年(一五三二)の再建〈重要文化財〉。

総《そう》(惣)社

末社・総社は延長四年(九二六)創建のわが国最古の総社。神所・一百余神とも呼ばれ、古くから神道色が強く、多武峯の神仏習合を代表する霊社。

神《しん》廟《びょう》拝《はい》所《しょ》

定慧は十三重塔の南に三間四面の堂を建て妙楽寺と名付けた。現在のものは寛文八年(一六六八)の再建で、明治維新までは講堂であった。維新後、本尊釈迦如来三尊像を阿倍文殊院へ移した。内部壁面には巨大な壁画が描かれている〈重要文化財〉。

権《ごん》殿《でん》

十三重塔の西にあり、もとの常行三昧堂《ざんまいどう》である。本殿改造等のとき神像を一時お遷《うつ》しする所である。中世、当所で行われた「延年」の芸能は有名〈重要文化財〉。

鎌足廟所

中大兄皇子と藤原鎌足の談《かた》らったという「談所の森」を北方へ尾根を伝って行くと二十分で廟所(円墳)に達する。ここは御破裂山山頂(▲六〇七m)で、大和平野を一望する絶好の展望台にもなっている。

念《ね》誦《ず》崛《き》

ここは斉明天皇両槻宮《ふたつきのみや》跡と伝えられ、増賀上人は念仏道場を造り、さらに多武峯一山の墓所となった。

増《そう》賀《が》上人墓

方形の石壇上に積上げられた石の円塚で、長保五年（一〇〇三）銘の五輪塔の地輪のみが頭上にある。

良助法親王冬野墓

親王は亀山天皇第八皇子で、永仁六年（一二九八）建立の円墳。墓所内の五輪塔は親王の供養塔であろうか。談山神社の南方、徒歩約一時間の冬野山（▲六五〇m）山頂にある。

波多神社

式内社で付近に妙金寺があったといい、観音堂の観世音菩薩立像は多武峯の裏鬼門除けである。

長安寺薬師堂

寺跡に宝形造りの薬師堂があり、本尊は平安中期の作という。近くに長安寺滝（不動滝）がある。

蓮花寺

寺庭の十三重石塔は鎌倉後期の作。この付近には古墳時代後期に属する小円墳が二〇〇基ほどある。

上《じょう》宮《ぐう》寺《じ》

本堂前に層塔があり、宝篋印塔《ほうきょういんとう》は本堂前と書院庭に二基ある。

執筆者略歴

長岡　千尋

Senji　Nagaoka

談山神社宮司。

昭和五十一年、國學院大學卒、同・神道学専攻科修了。

現代歌人協会会員。歌誌「日本歌人」選者、折口信夫博士顕彰・近畿迢空会幹事、事務局長。

歌集『晩春祭』、『仙境異聞』、『天降人《あもりびと》』、『静歌《しづうた》』がある。

著書『大和多武峯紀行』—談山神社の歴史と文化散歩—（梅田出版）。

大和文学散歩《やまとぶんがくさんぽ》

——萬葉と歴史の風土——

二〇〇〇年　十月十日　一版一刷発行

二〇十一年　十一月一日　三版一刷発行

著者　長岡　千尋

発行者　伊藤　由彦

発行所　株式会社　梅田出版

住所　〒530-0003　大阪市北区堂島二-一-二七

電話　06-4796-8611

印刷・製本所　大村印刷株式会社

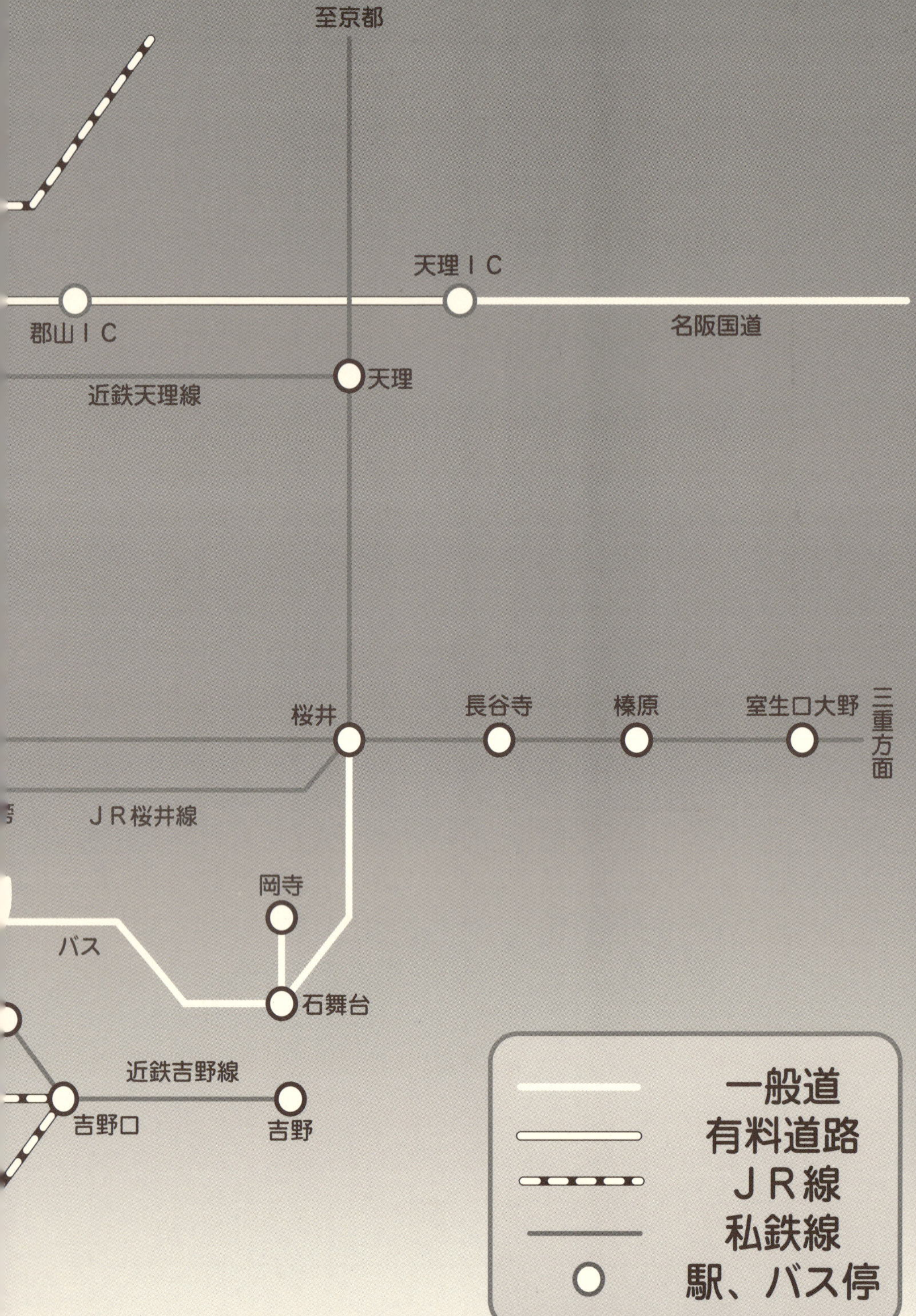
至京都
天理ＩＣ
郡山ＩＣ
名阪国道
天理
近鉄天理線
桜井
長谷寺
榛原
室生口大野
三重方面
ＪＲ桜井線
岡寺
バス
石舞台
近鉄吉野線
吉野口
吉野
一般道
有料道路
ＪＲ線
私鉄線
駅、バス停